李白李之仪
当涂诗词赏析

陈宏宝 编著

安徽师范大学出版社

· 芜湖 ·

图书在版编目（CIP）数据

李白李之仪当涂诗词赏析 / 陈宏宝编著. —芜湖：安徽师范大学出版社，2018.2
ISBN 978-7-5676-3413-8

Ⅰ.①李… Ⅱ.①陈… Ⅲ.①古典诗歌—诗歌欣赏—中国—唐宋时期 Ⅳ.①I207.2

中国版本图书馆CIP数据核字（2018）第048453号

李白李之仪当涂诗词赏析　　陈宏宝　编著

LI BAI LI ZHIYI DANGTU SHI CI SHANGXI

责任编辑：何章艳
装帧设计：任　彤
出版发行：安徽师范大学出版社
　　　　　芜湖市九华南路189号安徽师范大学花津校区
网　　址：http://www.ahnupress.com/
发 行 部：0553-3883578　5910327　5910310（传真）
印　　刷：虎彩印艺股份有限公司
版　　次：2018年2月第1版
印　　次：2018年2月第1次印刷
规　　格：700 mm×1000 mm　1/16
印　　张：10.5
字　　数：185千字
书　　号：ISBN 978-7-5676-3413-8
定　　价：36.00元

序　言

　　李白、李之仪作为当涂的古代历史文化名人，多年生活在当涂，终老于当涂，其足迹遍布于当涂的山山水水。当涂秀丽的自然风光，淳朴的人物风情，优美的民间传说，众多的名胜古迹，深深影响了诗人。诗人将对这片土地的眷恋之情，倾注于生花妙笔之下，为后世留下了弥足珍贵的文学遗产。他们的当涂诗词不但艺术水平高，而且思想内容和当涂的历史文化与地域特点融为一体，所咏之物，有许多就是当涂人身边的一座山、身旁的一条河，是不可多得的地方课程资源。

　　陈宏宝先生多年来关注并研究李白、李之仪及其在当涂的诗词，立志于将其开发利用，作为语文教学的地方课程，也是传扬故乡文化不可多得的载体。

　　作为一个土生土长的当涂人，陈老师对李白、李之仪的当涂诗词情有独钟。早在读书求学期间，他读李白的《望天门山》，看到书中注释处写着"天门山，今安徽当涂县境内"，激动不已，为家乡的山川能写进大诗人的诗中并在教科书里出现而自豪。后读到李之仪的《卜算子·我住长江头》，又为词中直白的深情所感染。马鞍山市《皖江晚报》的记者曾采访他，并以《教科书中的马鞍山——语文教师陈宏宝眼中的〈望天门山〉〈卜算子·我住长江头〉》为题，作了整版篇幅的报道，反映了他对家乡山水的一片深情。

　　作为一个语文教学的市学科带头人，他以新课程理论为指导，以语文教学中诗词鉴赏的视角来收集、整理、研究李白、李之仪写于当涂或以当涂为题材的诗词，一发不可收，算来也有十多年。他遴选了李白在当涂的诗31首，李之仪在当涂的词17首、诗14首，根据语文教学尤其是诗词教学的规律，将李白的诗按思想内容分为"相送惜别""咏物言志""怀古咏史""即事感怀""山水田园""家国之思"六类，将李之仪的诗和词分开，全部写上引言，标上注释，写成赏析文字。为了方便读者阅读，他提供了《李白与当涂》《姑溪居士李之仪》两篇介绍诗人在当涂生活及创作情况的文字，分别置于"李白篇""李之仪篇"之前。可以这样说，这本书为读者学习、了解李白、李之仪及其当涂诗词提供了便利，不负作为语文教师的文化使命。

作为一个文化志愿者，他以传播李白、李之仪的当涂诗词文化为己任，走进市、县中小学课堂，以《李白李之仪当涂诗词赏析》为蓝本，广为传播李白、李之仪的当涂诗词。学生从中不仅可以进一步了解自己的家乡，还能受到诗词中蕴涵的优秀传统文化的熏陶，可以说是贴着地面为传播文化铺路，为宣传家乡鼓吹。

我在当涂工作的时候，就有幸结识陈宏宝先生，之后，他又成为我主持的市语文教育工作室第二批成员，我们一起切磋教学问题，一起思考教育生态，构建学习的成长共同体。今日他将自己的研究成果出版，我为之高兴，欣然为序。

郭惠宇

（马鞍山二中校长，著名特级教师，安徽省首批正高级教师）

二〇一八年二月

目　录

李之仪篇

李之仪诗鉴赏 / 140

李
白
篇

李白与当涂

一、李白在当涂概述

李白(701—763),字太白,自号青莲居士,生于唐长安元年(701),卒于唐代宗宝应二年(763),是我国唐代伟大的浪漫主义诗人,被后世誉为"诗仙"。他自25岁第一次到当涂开始,直至63岁终老当涂,38年间曾先后7次来过当涂。他一生流离坎坷,酷爱游历名山大川,曾漫游了大半个中国,但因仰慕曾筑宅于当涂青山的南朝大诗人谢朓之风范,眷恋当涂的青山绿水,多次来当涂寻幽览胜,足迹遍及当涂的山山水水,题诗吟咏,留下了约60首诗文,《望天门山》《夜泊牛渚怀古》《横江词》等就是其中的千古名作。后客死当涂,骨埋(葬)于青山。当涂人民不会也没有忘记这位伟大诗人,后人怀念其人,诵读其诗,亲切地称之为家乡诗人。

二、李白在当涂的游踪

唐开元十三年(725),25岁的李白首次游当涂。

开元十二年(724)秋,李白乘船离蜀,出三峡,南游洞庭,居安陆,游襄汉。第二年夏,东下金陵、扬州,沿着浩瀚长江,饱览了当涂天门山、牛渚矶、白壁山、望夫山的风光,写下了著名的七绝《望天门山》。地势险要、风景绮丽的天门山,吸引着历代墨客骚人,也深深地吸引着李白,他此后曾多次来游览,写诗歌咏。如《横江词》中有"海神来过恶风回,浪打天门石壁开",《献从叔当涂宰阳冰》中有"月衔天门晓,霜落牛渚清",《自金陵溯流过白壁山玩月达天门寄句容王主簿》中有"进帆天门山,回首牛渚没",《书怀赠南陵常赞府》中有"歌动白纻山,舞回天门月"等。《望天门山》《天门山铭》以及《姑孰十咏》中的《天门山》是李白专写天门山的,可见诗人用情之深。

开元十五年(727),27岁的李白再次来到当涂。

李白东涉溟海后,溯江西上观云梦,途中在采石矶停舟夜宿,在舟中作《月夜江行寄崔员外宗之》。

天宝六年(747)春,47岁的李白第三次游历当涂。

李白由扬州、金陵溯江而上,来到当涂。人到中年的诗人已阅历甚广,游遍名山大川,但当涂的山光水色让他流连忘返,他常到"月随碧山转,水合青天流"(《月夜江行寄崔员外宗之》)的采石江上泛舟,到雄奇壮美的天门山欣赏"两岸青山相对出,孤帆一片日边来"(《望天门山》)的奇景,并在"连峰入户牖,胜概凌方壶"(《赠丹阳横山周处士惟长》)的横望山寻幽探胜。当涂的山水洗涤了他遭谗被逐后的苦闷,也勃发了他的诗情。在这期间,李白写有《赠丹阳横山周处士惟长》《自金陵溯流过白壁山玩月达天门寄句容王主簿》《望夫石》《天门山铭》等诗,适逢当涂县令李有则铸制化城寺大钟告竣,李白为之作《化城寺大钟铭》。

天宝十三年至天宝十五年(754—756),李白在当涂有较长时间停留。

这期间,李白盘桓于金陵、当涂、宣城、南陵、泾县、青阳、秋浦一带,几乎游遍了皖南的山山水水。当涂的山水胜景尤使李白陶醉,他在所到之处尽情游赏,尽兴题诗,《姑孰十咏》《横江词六首》等诗即是这一时期的名作。同时,与当涂的官员、寺僧频繁交往,也成为其诗中内容。如《夜泊黄山闻殷十四吴吟》《登黄山凌歊台送族弟溧阳尉济充泛舟赴华阴》《夏日陪司马武公与群贤宴姑孰亭序》《陪族叔当涂宰游化城寺升公清风亭》《当涂赵炎少府粉图山水歌》《送当涂赵少府赴长芦》《寄当涂赵少府炎》《赠友人三首》等。尤其值得一提的是,天宝十五年(756)春,李白的莫逆之交当涂县尉赵炎离开当涂时,李白一直送至城西南30里处的天门山下,作《春于姑孰送赵四流炎方序》相送,让我们窥见诗人是如此的重情重义。肃宗至德元年(756),亦即安禄山反叛第二年冬天,永王李璘以平乱为号召,在江陵(今湖北江陵县)起兵,引水师东下,李白应聘下庐山,入永王军为僚佐。肃宗李亨以为其弟永王李璘率军东下是想同他争夺帝位,遂下诏讨伐。李璘兵败被杀,李白也因此获罪下浔阳狱,后流放夜郎,在巫山途中遇赦。此后,他又辗转于金陵、当涂、宣城、历阳(今安徽和县)等地。

代宗宝应元年(762)十月底或十一月初,62岁的李白抱病来到当涂。此次李白抱病乘舟来当涂,是投奔其从叔当涂县令李阳冰的。早在当年夏秋之交,李白闻朝廷委派的河南副元帅太尉兼侍中李光弼统领八道节度使的百万大军往东南平叛至彭城(今徐州),遂动身北上投奔李光弼,以图再次为国效力。无奈半道病还,折回金陵。李白在金陵穷困潦倒,无依无靠。初来当涂之时,李阳冰不知其意,直到看见《献从叔当涂宰阳冰》诗后,才把处于窘境的李白挽留下来。此时,李白病重卧床不起,遂枕上授稿,托付李阳冰编集作序。尽管李阳冰时值"临当挂冠",仍于十一月初十撰写了《草堂集序》。李阳冰接友以仁,李白非常感激,特为之作《当涂李宰君画赞》,赞其"缙云飞声,当涂政成"。

代宗宝应二年(763)早春(七月改广德元年),63岁的李白寓居当涂养病。当年李白身体略见好转,且有子女在身边相伴,但心情抑郁沉闷。此时李阳冰早已卸任离开当涂,李白在当涂无所依靠,处于"天涯失归路"的彷徨孤独之中。是年重阳节,李白再登龙山,举觞赋诗,怅咏悲凉一生。重阳登高归来,写下《九月十日即事》,借花自惜,自伤自悼。入冬,李白沉疴日亟,自知康复无望,病中长吟《笑歌行》《悲歌行》,终于以"腐胁疾",病死在当涂,病逝前赋有《临路歌》一首。

李白病逝以后,先殡于当涂县城南10里处的龙山东麓。儿子伯禽定居当涂,贞元八年(792)不禄而卒。孙子出走,下落不明。两孙女嫁给当地农民,"一为陈云之室,一乃刘劝之妻"。唐宪宗元和十二年(817),李白死后54年,宣歙观察使范传正在察访三四年后,乃得知李白两孙女的信息,他根据李白生前"悦谢家青山"的遗愿,将李白墓迁至青山之阳。

当涂人民对李白怀有深厚的情感,传说李白之死是入江捉月、骑鲸升天,即是这种美好感情的形象寄托。当涂的青山绿水氤氲着诗人的诗魂,李白的足迹遍布当涂大地,人们寻踪、凭吊他的遗迹,守护、祭扫他的墓茔,表达当涂人民对诗人的缅怀与景仰。

三、李白在当涂的遗迹

李白在当涂的遗迹很多,比如天门山、采石矶、横山石门,以及望夫山、白璧山、慈姥山等处,皆留有他当年的足迹。这些珍贵的历史文化遗迹因诗仙的览胜题咏而誉满天下。后因时代变迁,行政区划调整,这些遗迹所在地虽然相继划属马鞍山市和芜湖市,但现有县城所保存的李白活动遗迹依然丰富多姿。

(一)龙山

龙山,坐落在当涂城南青山河畔,距县城6千米,主峰海拔107米。山势头北尾南,怪石蜿蜒,形如卧龙仰首,故名。昔日山上林木参天,庙宇遍布,所谓"丹枫红叶,遍满岩谷"之"龙山秋色",即为"姑孰八景"之一,史书记载的"孟嘉落帽"的典故就发生于此。山上的历史古迹较多,传有东晋时吏部郎毕卓和元末翰林学士、工部侍郎侯祚等的墓葬。唐代诗人李白晚年寓居当涂,曾多次登临龙山,并有《九日龙山饮》《九月十日即事》等诗作。李白病逝后,初葬于龙山东麓,然"地近而非本意",后迁葬青山。李白初葬龙山东麓,当年实因"地近"使然,故有人推测其故宅亦在龙山东麓附近。李白故宅具体在龙山东麓何处,今已不可考。幼年曾以诗为李白所知的刘全白所撰《唐故翰林学士李君碣记》墓碑,曾立于龙山太白墓前,然今已无存。据李白墓碑记载,当年李白的两个孙女,就嫁在龙山西侧荆山附近的农家。故此,历代墨客骚人纷至沓来,吟诗作赋,一方面是被龙山的优美景色所吸引,另一方面更有对李白及其后人的缅怀和追思。

(二)青山谢公宅

青山位于当涂县城东南7.5千米处,主峰海拔372米,东西宽约6千米,南北长约7.5千米。山势险峻,森林茂密,四季常青,故又名青林山。南齐谢朓任宣城太守时,曾筑室于山南。唐天宝十二年(753),敕改谢公山,后人又称谢家山、谢家青山。

东晋大司马桓温墓在山之北麓,故青山北麓又称桓墓山。李白墓附近的山则称李家山。青山北临姑溪河,东带丹阳湖,西滨青山河,南望平野,极目时见溪水潺潺,野禾满田,风光无限。如今山上已修复了云雾寺、观音殿、谢公祠、石隐庵、百灵庙等寺庙。青山古为屯兵之所,宋代本土著名诗人郭祥正所咏"重冈复岭控官道,北望金陵真国门"的诗句,形象地揭示了青山的战略地位。此外,青山古迹也很多。山阳有李白墓、太白祠,谢公祠、谢公池遗址以及宋代书法家米芾的"第一山"碑。古代还有白云寺、巢云亭、五贤楼(五贤指谢朓、李白、郭祥正、王居岩、王逢等五位先贤,今楼已不存)等。山阴除桓温墓外,另有明代琉璃瓦窑址;东麓有晋墓群;东南山脚下,是新石器时代的郑家遗址。南齐谢朓任宣城太守时,酷爱青山,曾双旌五马来邀游吟咏,称誉青山为"山水都",并筑室于山南,即谢公宅。后人为了纪念谢朓,将其宅改建为谢公祠,后毁于兵燹,至今遗址犹存。谢公宅占地10多亩,环宅皆流泉奇石、摩崖石刻。宅后峦岫参差,苍松林立。山顶有座小亭,名谢氏山亭(今已废)。宅前一座小池,石垒四壁,约一亩多面积,传说为谢朓所凿,人称谢公池,又名谢公井。池水溺然,水味甘冷,终年不竭,曾有"玄晖古井"之美称,古为"姑孰八景"之一。

"一生低首谢宣城"的李白,对青山怀有特殊感情,生前多次登临青山,览胜抒怀,寻访谢朓遗迹,凭吊谢公故宅,并留下了《谢公宅》《游谢氏山亭》等诗篇,死后又埋骨青山,与谢朓结为异代芳邻。

(三)青山李白墓园

李白墓坐落在青山西麓谷家村,现为太白镇太白行政村。代宗宝应元年(762),李白来当涂投靠县令李阳冰,病故后,初葬龙山。元和十二年(817)正月,与李白有通家之好的宣歙观察使范传正,据李白生前之遗愿,会同当涂县令诸葛纵迁坟于此。李白墓历经千年风雨沧桑,自唐至清因多种原因而屡遭摧圮。据不完全统计,当涂历代官府和百姓前后计12次修葺李白墓。1979年,县人民政府曾拨款重修李白墓,复原太白祠,并征地60亩,扩建李白墓园。今天的李白墓园坐北朝南,枕山面水,近临新太公路,占地面积近6万平方米,墓园内有大小景点20处。太白祠后面是李白墓地。李白墓周长20多米,高2.5米,由170块青石垒成。墓上芳草萋萋,艾菊尤盛。墓前嵌立一块石碑,上刻"唐先贤李太白之墓"。墓旁植翠竹、冬青,四季常青。李白墓园环境幽静,苍松翠柏掩映着白壁黑瓦,是全国重点文物保护单位之一。

(四)化城寺清风亭

原化城寺清风亭,坐落在当涂县城西北隅,是三国吴大帝赤乌年间康里国僧选建佛场之一。南朝宋孝武帝刘骏南巡时,驻跸于此,曾扩建为28院。化城寺高阁伟楼,飞檐雕栋,雄丽壮观,当时有钟鼓楼、放生池、观音阁、地藏殿等诸多胜景。唐天宝年间,僧升朝造舍利塔,主坛戒。宋景德年间,化城寺改为万寿寺。建炎中,金兵攻陷姑孰城,化城寺毁于兵燹。清风亭,系化城寺僧升朝建于寺西莲湖上,故又名升公清风亭。北宋熙宁年间,化城寺僧道新重修,又名新公清风亭。南宋建炎中,清风亭与化城寺同时毁于兵燹。明代正统初年,工部右侍郎周忱巡抚江南,驻节姑孰,欲择胜地重建清风亭。但由于岁月流变,陵谷沧桑,湖水已变成陆地,且傍城西北隅尽为沟垄之地,在当涂重建清风亭的愿望未能实现。1987年,清风亭在今采石李白纪念馆后再次重建。李白于天宝年间数次游化城寺、清风亭,写有《陪族叔当涂宰游化城寺升公清风亭》诗和《化城寺大钟铭》文。

(五)黄山塔与凌歊台

当涂县城北2.5千米处有一座山,名黄山。这座山海拔54米,山如初月形,相传浮丘公曾牧鸡于此,故又名浮丘山。唐时长江水流直达山下,黄山矗立于江岸,故又名黄江山。山上林木葱茂,名胜古迹甚多。古代山之东麓有东岳庙、广福寺等。东岳庙楼宇雄伟,有殿堂、经楼、厨库、僧舍共172间。广福寺原名寿圣院,南宋隆兴元年(1163)改名广福寺。原有房舍20多间,清康熙十五年(1676)重修佛殿,增建了观音阁、孔雀殿、地藏殿、天王殿、山门等。寺后苍松掩映,松林深处有深云馆、怀古亭、誓清堂等古迹。誓清堂为南宋嘉定九年(1216)营建,取晋代名将祖逖"中流击楫,誓清中原"之意而名之。淳祐六年(1246)复修誓清堂,以米芾所书"极目亭"三字易之,故又称之为极目亭。上述这些古建筑今皆荡然无存,唯有复修的黄山塔和凌歊台遗址至今犹存。李白当年游当涂,曾乘舟至黄山脚下,写有《夜泊黄山闻殷十四吴吟》等诗。

凌歊台,又作陵歊台,在黄山塔南。南朝宋孝武帝刘骏曾建避暑离宫于其上。古凌歊台宏伟巨丽,高出尘埃,有"笙镛黛绿"之胜,并有"凌歊夕照"之景观,而"凌歊夕照"为古代"姑孰八景"之一。从历代诗人描写凌歊台"宋祖凌歊乐未回,三千歌舞宿层台""宋家天子游南国,红粉三千台百尺"的诗句中,可窥凌歊台雄姿之一斑,凌歊台废于何时不详,而今仅存遗址。李白在《姑孰十咏·凌歊台》一诗中说"闲云入窗牖,野翠生松竹",可见那时还有台馆存在。明代顾炎武在《肇域志》中写道:"山上旧有宋离宫及凌歊台。台在山顶,有石如案,高可五尺,顶平而圆,径丈许。"今凌歊台遗址尚存一巨石,巨石右侧石刻有三字尚依稀可辨,据说是明代当涂人倪伯鳌等的凌歊怀古诗之遗存。

(六)姑孰溪

姑孰溪又作姑熟溪,即今姑溪河,又名姑浦。东起丹阳湖口小花津,与运粮河相接,西至当涂城西金柱关注入长江。全长23.4千米,流域面积约394平方千米。姑孰溪流贯穿当涂腹地,为重要水运河道。东可由丹阳湖过银淋堰达太湖流域,南通水阳江、青弋江经宣州、徽州可达浙中,西经青山河、长江可往南京、芜湖等地。

唐代当涂县城南姑孰溪上有浮桥沟通南北驿路。有一位当涂县代理县令薛公(名未详)初建亭于姑孰溪上,以便过往行人休憩。后继任者当涂县令李明化予以增修,增修后的水亭"四甍翚飞,巉绝浦屿",极具高绝气势。亭初无名,至天宝十四年(755)夏,宣州司马武幼成携群贤宴集于亭,武幼成因"此亭跨姑孰之水",故为之命名为姑孰亭。当时,李白应邀参与宴饮,遂作《夏日陪司马武公与群贤宴姑孰亭序》一文以纪其事。李白一生多次驻足当涂,晚年寓居于此,对姑孰溪两岸的山山水水一往情深,曾写有《姑孰十咏》等诗篇,约在晚唐时,人们为怀念李白,在县城东南姑孰溪畔建起一座"十咏亭",可惜此亭早废。地方政府重修李白墓园时,在园内重新建起一座"十咏亭",以供游人追思怀古,寄情遣怀。

(七)白纻山桓公井

白纻山位于当涂县城东2.5千米姑溪河北岸,为姑溪河与青山河汇合之处,高123米,山势南高北低,形若卧狮。山中林木葱郁,山清水秀,素为览胜狩猎之所。山巅旧有苍松七株,"姑孰八景"谓之"白纻松风"。

白纻山原名楚山,因东晋大司马桓温驻节姑孰时,常与僚佐携女乐登山宴游歌舞,且好为《白纻歌》,故改名为白纻山。南朝宋大明七年(463),孝武帝刘骏出猎,曾会师于此山。白纻山古迹颇多,较著名的有桓公井、挂袍石、四望亭、卧仙杯、齐云亭、兴国禅寺等,今皆不存。桓公井据传为当年桓温所凿,井水清澈,井下有泉,流水汩汩,常年不涸。传说桓温曾用此水饮马,故又称"饮马泉"。山上有一瘦削而立之石,高六七尺,桓温曾用之挂袍,故名挂袍石。当年李白慕名登山,追忆前贤,所作诗篇中对白纻山多有吟咏,其中《桓公井》一诗为《姑孰十咏》之一。

相送惜别

送别诗,在古今诗词中并不乏见,众多文人墨客对于离别总是歌吟不绝。或感伤中有寄寓,或借之以激励和勉励,或用以抒发亲情友情,或寄托个人的理想抱负。唐人的送别诗往往洋溢着积极向上的青春气息,充满着希望和梦想,彰显着盛世的精神风貌。

"诗仙"李白历来以浪漫、飘逸的诗风著称,其相送惜别的诗作也写得荡气回肠。"多情自古伤离别",有"无语凝噎"的深沉婉约,有依依不舍的深情留恋,有情深意长的由衷勉励,缠绵悲苦,又积极乐观。在景与情的交融中,诗人把离情别绪表现得淋漓尽致。

登黄山凌歊台送族弟溧阳尉济充泛舟赴华阴①

鸾乃凤之族②,翱翔紫云霓。

文章辉五色③,双在琼树栖④。

一朝各飞去,凤与鸾俱啼。

炎赫五月中⑤,朱曦烁河堤⑥。

尔从泛舟役⑦,使我心魂凄。

秦地无草木⑧,南云喧鼓鼙⑨。

君王减玉膳,早起思鸣鸡⑩。

漕引救关辅⑪,疲人免涂泥⑫。

宰相作霖雨⑬,农夫得耕犁。

静者伏草间⑭,群才满金闺⑮。

空手无壮士,穷居使人低⑯。

送君登黄山,长啸倚天梯⑰。

小舟若鳧雁,大舟若鲸鲵。

开帆散长风,舒卷与云齐。

日入牛渚晦,苍然夕烟迷。

相思在何所⑱? 杳在洛阳西⑲。

【注释】

①黄山:指当涂县城以北2.5千米处的黄山。唐朝时,长江经过山下,所以又名为"黄江山",相传浮丘公曾牧鸡于此,故又名"浮丘山"。山高海拔54米,形如初月,林木葱郁,上有黄山塔与凌歊台遗址。凌歊(xiāo)台:一作"陵歊台",宋孝武帝所筑的避暑之台,台上筑有避暑离宫。台右有塔,即黄山塔。塔后有亭曰怀古亭。唐时亭台塔馆犹存。今仅存黄山塔一座,凌歊台遗址巨石一块。溧阳:即今江苏省溧阳市,唐时属宣州。济:即李济,丹阳(今属江苏)人。天宝十三年至天宝十五年(754—756)任溧阳县尉。天宝十三年(754),李济将任漕运之役,泛舟由江南输粟于秦地。充:疑为衍文,即讹误多出的字。华阴:即今陕西华阴市,唐天宝年间为华州治所,属京畿道。

②鸾(luán):凤凰之类的神鸟。《禽经注》:"鸾者,凤凰之亚,始生类凤,久则五彩变易。"古以鸾凤比才俊之士,又可喻为兄弟,这里李白用以指自己与李济。

③文章:花纹,色彩。此指鸾凤羽毛的色彩。

④琼树:传说中的树名,为凤所栖食之树。《艺文类聚》卷十载,老子叹曰:"吾闻南方有鸟,其名为凤,所居积石千里,天为生食,其树名琼枝,高百仞。"

⑤炎赫:热气炽盛,灼热。《诗经·大雅·云汉》:"赫赫炎炎,云我无所。"

⑥朱曦:即朱羲,指日。日,别称朱明,又,神话中驾日车之神为羲和,因此合称朱羲。晋郭璞《游仙诗》:"朱羲将由白。"李善注云:"朱羲,日也。"

⑦泛舟役:《左传》:"秦于是输粟于晋,自雍及绛相继,命之曰泛舟之役。"此谓李济任漕运之事,运粮食于秦地救灾。

⑧"秦地"句:指关中大旱,草木枯死。

⑨喧鼓鼙:古人遇大旱,常击鼓喧噪,祷神以求雨。汉董仲舒《春秋繁露》:"求雨,开神山神渊,积薪,夜击鼓噪而燔之。"

⑩鸣鸡:《诗经·齐风·鸡鸣》:"鸡既鸣矣,朝既盈矣。匪鸡则鸣,苍蝇之

声。"此句用"鸣鸡",意为君王为秦地大旱而难以安寝,以表示对国事之关切。

⑪漕引:由运河运输粮食。关辅:指京畿之地。关,关中。辅,京师三辅之地。《汉书》:"右扶风,左冯翊,京兆尹,是为三辅。"

⑫疲人:即疲民,疲乏劳累之民。此指灾难中的百姓。

⑬"宰相"句:意思是说贤相当政,有如大旱之遇霖雨。《尚书·说命》:"爰立(傅说)作相,王置诸左右,命之曰:'……若岁大旱,用汝作霖雨。'"

⑭静者:指无所作为之人。

⑮金闱:汉武帝时有宫门名金马门,后用以喻朝廷称金闱。

⑯"空手"二句:自己不在其位,无所凭借,只好穷居野处。

⑰天梯:指黄山塔,砖形结构,五层八面,高25米,矗立于当涂黄山之巅,有如天梯。

⑱在何所:《全唐诗》作"定何许"。清王琦注本作"在何许"。此依日本静嘉堂藏宋刊本《李太白文集》作"在何所"。

⑲洛阳西:指华阴方位在洛阳以西。

【赏析】

这首诗是李白于天宝十四年(755)五月逗留当涂时所作。当时,李白往来金陵(今江苏南京)与宣城之间,途经当涂。此前,关中连年大旱,草木枯焦,生民涂炭。时任溧阳县尉的李济奉命押运粮食往关中地区救灾,从当涂黄山出发,恰与李白相遇。李济曾被李白认为同族本家兄弟,与李白算是故交。今李济担作漕运的任务,将远涉华阴,作为哥哥的李白遂登黄山凌歊台,写下这首诗相送。

全诗大致可分为三部分。

第一部分自诗的开头至"凤与鸾俱啼"。这部分诗人以比兴手法抒写兄弟情谊和离愁别绪,并为全诗定下了深沉感伤的基调。诗人以鸾凤羽色炳焕喻兄弟文采风流,贤俊美善;又以鸾凤双飞双栖喻兄弟雍穆亲和,情同手足;再以鸾凤分飞喻兄弟别离在即。"一朝各飞去",竟令双方皆为别离之苦而暗自啼泣!写得情真意切,情韵动人。

第二部分自"炎赫五月中"至"穷居使人低",是全诗的主旨所在。诗人写了三个方面,一方面写"尔",一面方写"君国",一方面写"我"。自"炎赫五月中"至"使我心魂凄"四句,承接前面的鸾凤分飞,主要是写"尔"这一面。说的是李济将要奉命押运粮食往关中地区救灾,冒酷暑,顶烈日,涉远道,转漕运,一定会非常辛苦。诗人在叙述李济"从役"的情景时,设身处地地为对方着想,感同身受,产生"使我心魂凄"的感叹。接着,诗人用自"秦地无草木"至"农夫得耕犁"八句写"君国",叙述政事民情。诗人期望君王宰相能够在大灾之年更加积聚德义,戒奢以俭,拯民于涂泥,解民于倒悬,勤政爱民,使"农夫得耕",百姓乐业。其中用"漕引救关辅,疲人免涂泥"二句写出这次转漕输粟的重要性,并以此衬托出李济此行"从役"的意义。诗人委婉地表达了对百姓疾苦的关注,对"君国"善政的期待。自"静者伏草间"至"穷居使人低"四句主要是写"我",写诗人面对即将远役的族弟李济,自叹穷居草莽,壮志难酬,报国无门,包含了诗人关心国事的深广忧愤和斗志难酬的抑郁不平,同时表达了对"当途者入青云,失路者委沟渠"的社会现实的揶揄嘲讽。

第三部分自"送君登黄山"至"杳在洛阳西",共十句,既呼应了诗题中的"登""送"两字,又点出了送别之意。诗人登上黄山凌歊台,用高歌长啸来表达离别之情,用瞩目远眺来送乘帆远去的兄弟。诗中围绕送别,描绘了广阔的画面:近处江面,小舟若雁,大船如鲸,运粮船只千帆竞发,风帆舒卷,高与云齐。随着诗人的目力所及,族弟李济所押运的船队渐渐远去,终于在落日的余晖里,隐入牛渚的苍茫"夕烟"中。这几句即景抒情,融情于景,情景交融,诗人在铺写景物时能将神韵流于情景之间,将目击之景与经心之情丝分缕合,在牛渚落日的余晖中,在苍茫的"夕烟"幕霭中,极自然地融入了诗人与族弟别后的怅惘之情。

诗人以"相思在何所? 杳在洛阳西"两句总结全诗,运用设问句,自问自答,形象地表达了诗人别后的邈远情思。一个"杳"字,传神地道出了诗人之心已远逐友人而去,显示出诗人对族弟李济的思念之情与依恋之深,可谓言犹尽而意无穷。

下途归石门旧居①

吴山高,越水清,握手无言伤别情。
将欲辞君挂帆去,离魂不散烟郊树②。

此心郁怅谁能论,有愧叨承国士恩③。

云物共倾三月酒④,岁时同饯五侯门⑤。

羡君素书常满案⑥,含丹照白霞色烂。

余尝学道穷冥筌⑦,梦中往往游仙山。

何当脱屣谢时去⑧,壶中别有日月天⑨。

俯仰人间易凋朽⑩,钟峰五云在轩牖⑪。

惜别愁窥玉女窗⑫,归来笑把洪崖手⑬。

隐居寺,隐居山,陶公炼液栖其间⑭。

灵神闭气昔登攀,恬然但觉心绪闲。

数人不知几甲子,昨来犹带冰霜颜。

我离虽则岁物改,如今了然识所在。

别君莫道不尽欢,悬知乐客遥相待⑮。

石门流水遍桃花,我亦曾到秦人家。

不知何处得鸡豕⑯,就中仍见繁桑麻⑰。

翛然远与世事间⑱,装鸾驾鹤又复远。

何必长从七贵游⑲,劳生徒聚万金产。

挹君去,长相思⑳,云游雨散从此辞。

欲知怅别心易苦,向暮春风杨柳丝㉑。

【注释】

①石门:在安徽省当涂县横望山西南麓(今属马鞍山市博望区),其中峭壁摩崖题刻"石门"二字,传为唐人手笔,至今犹存。

②离魂:离别的情绪。烟郊树:烟霞缠绕郊树,形容黯然伤别的气氛。

③叨(tāo):叨承,承蒙的意思,为诗人自谦之词。

④云物:同景物,此指风光明媚的春景。

⑤岁时:指佳节。五侯:泛指王公贵族。

⑥素书:指写在白绢上的道书。

⑦冥筌(quán):道家语。冥,意为极深、深奥。筌,原指捕鱼工具,这里比喻探求的手段。

⑧脱屣:脱鞋。此处借用《汉书·郊祀志》中的典故,意思是说抛弃尘俗的牵挂,就像脱去鞋子一样,不值得留恋。

⑨壶中：指不同于人世间的神仙世界。

⑩俯仰：低头昂首之间，形容时间短暂。

⑪钟峰：即钟山，在江苏南京市。五云：五色云。

⑫玉女窗：在河南嵩山玉女峰上，相传汉武帝曾于此窗中窥见天上仙女，故名。此处代指嵩山。

⑬洪崖：传说中的仙人名，此处借指元丹丘。

⑭陶公：陶弘景(456—536)，南朝齐梁时期道教思想家、医药学家，曾在当涂横望山的石门古洞隐居炼丹。

⑮悬知：料想。乐客：好客。

⑯豕(shǐ)：猪。

⑰就中：在这里。

⑱翛(xiāo)然：自由自在的样子。

⑲七贵：原指汉代外戚及权要吕、霍、上官、王、赵、丁、傅七族，这里泛指权臣贵族。

⑳挹：通"揖"，拱手为礼。

㉑向：接近的意思。

【赏析】

这首诗是李白写于当涂的离别诗。

宝应二年(763)春天，寓居当涂养病的李白，身体略有好转。李白在当涂横望山造访元丹丘，重游石门(在横望山中)，临别时写下这首诗以抒发情怀。天宝六年(747)，李白曾来横山石门，写下了《赠丹阳横山周处士惟长》一诗，因此称此地为旧居。

全诗共分三部分。

第一部分从"吴山高"起至"归来笑把洪崖手"止，共十八句。主要是写诗人和元丹丘聚首、赋别的情谊。诗的开头点出了告别的地理环境和情形。大意是，在吴山越水之间的横山，"我"紧紧握着老朋友元丹丘的手，在默默无言中泣别。离别的心情就像岸边的烟绕郊树一般，久久不忍散去。在离别之际，勾起了"我"对往日与老朋友交游的回忆。诗人在诗中首先提到了在长安的交游经历。天宝元年(742)，元丹丘曾通过唐玄宗的妹妹玉真公主把李白引荐给唐玄宗，使李白"声闻于天"，受到玄宗的礼遇，"有愧叨承国士恩"就是写李白对好友的这一举荐之恩念念不忘。"云物共倾三月酒,岁时同饯五侯门",写在长安期间,他们俩常常与王公贵族们一起畅饮欢乐。接着又回忆起共同求仙学道的经历,看着好友的几案上放着许多道书,白绢赤字互相辉映,灿如云霞,诗人非常羡慕。"余尝学道穷冥筌,梦中往往游仙山。何当脱屣谢时去,壶中别有日月天。"这四句,是写诗人当年对道教虔诚热衷,努力探求其中的奥妙,并幻想能像仙人那样遁入另外的世界中,以脱离尘世。"俯仰人间易凋朽,钟峰五云在轩牖。惜别愁窥玉女窗,归来笑把洪崖手。"这四句,写的是两人从嵩山分到今日重逢的经历与感慨。其中前两句写人生短暂,犹如窗外极目可见的钟山上的五色云彩一般,转眼就消失了,以感叹人生时光易逝。后两句是描写当年他们两人同游嵩山,一同求仙学道,而今又在这里重逢的兴奋心情。

第二部分自"隐居寺"到"悬知乐客遥相待",共十句,主要写重游旧地和重逢老友的亲切感受。"隐居寺,隐居山,陶公炼液栖其间",陶弘景曾在横望山石门古洞隐居炼丹,所以横望山又称隐居山,他隐居的地方叫隐居寺。"灵神闭气昔登攀,恬然但觉心绪闲"句是写诗人曾来过这里,登山攀岭,步履轻健,心情很舒畅。这里的"灵神"用来比作"凝神"。"数人不知几甲子,昨来犹带冰霜颜"句是指此次重相见的几个老友,如今都是满头霜雪,鬓发皆白了。一甲子为六十年,"几甲子"用的是夸张手法,犹如说他们数人相加的年岁。"我离虽则岁物改,如今了然识所在"二句是说,离开这里后,虽然时过境迁,很多景物都改变了模样,但诗人对以前的旧游处仍然能清楚地辨别出来。本部分最后两句用"别君莫道不尽欢,悬知乐客遥相待",告诉元丹丘:我要走了,不要说这次相聚没有尽欢,你是这样盛情,我料想你会等待我再来的。

第三部分从"石门流水遍桃花"到诗的结尾,共十二句。这部分主要写诗人认识到求仙学道和追求荣华富贵的虚幻,借桃花源的故事,抒发报国的心情。"石门流水遍桃花,我亦曾到秦人家。不知何处得鸡豕,就中仍见繁桑麻。"这四句写出了古代当涂农村秀美的山水,浓郁的乡情。石门一带美丽的风光,农家鸡鸣豕走,繁桑茂麻,与世无争的生活景象,让诗人感觉仿佛来到桃花源里。"秦人家"指陶渊明在《桃花源记》中所描写的秦时避难人建立的优美、宁静、安乐的理想社会。"鸡豕""桑麻"极易让人联想起《桃花源记》中"有良田、美池、桑竹之属,阡陌交通,鸡犬相闻"的描写。"翛然远与世事间,装鸾驾鹤又复远。"此二句诗人表达了自己要逃遁世事,远离人间,乘鸾驾鹤,远远地飞向神仙世界的心情。接下来诗人以"何必长从七贵游,劳生徒聚万金产"两句写自己何必常与权贵们往来,追求荣华富贵,即使聚集了万金家产,到头来也是一场空,表达了蔑视权贵、轻视富贵、不受外物所累的思想。诗人在最后四句写道:"拒君去,长相思,云游雨散从此辞。欲知怅别心易苦,向暮春风杨柳丝。"此四句颇有词的节奏与韵味,比喻巧妙,形象而有深情。大意是,与老朋友揖别而去,从此彼此天各一方,像云飞雨散一样,彼此只有两地长相思了,分别时的凄苦之情,如同暮春时节的杨柳千丝万缕,绵绵不绝。

诗人写这首诗时已是垂暮之年,更觉报国无日,壮志难酬,今日故地重游,又与老友惜别,心中自生无限感伤。诗中蔑视权贵、轻视富贵的思想,表现了李白受道家思想影响所形成的旷达超脱、不受外物所役的自由人格,尤其是描绘的石门美景让人美不胜收,描述的农家生活场景具有浓厚的生活气息。

咏物言志

咏物言志的诗一般都是通过具体可感的物象描写,来抒发作者的某种思想。一般由壮志难酬的诗人写出来的,如李白《临路歌》中"后人得之传此,仲尼亡兮谁为出涕"两句,一方面深信后人对此将无限惋惜,另一方面慨叹当今之世没有知音,含意和杜甫总结李白一生时所说的"千秋万岁名,寂寞身后事"类同。读完此诗,掩卷而思,恍惚间会觉得诗人好像真化成了一只大鹏在九天奋飞,那渺小的树杈,终究是挂不住它的。它将在永恒的天幕上翱翔,为后人所瞻仰。通过对这一类诗歌的学习,我们能对诗人的内心有更深入的了解。

临路歌①

大鹏飞兮振八裔②,中天摧兮力不济③。
余风激兮万世,游扶桑兮挂石袂④。
后人得之传此,仲尼亡兮谁为出涕⑤?

【注释】

①临路歌:"路"字可能是"终"字之讹,诗题意即"临终歌"。

②八裔:八方。

③天:半空。

④桑:古代神话传说中的一株神树,是太阳升起的地方。《十洲记》:"扶桑在大海中,树长数千丈,一千余围,两干同根,更相依倚,日所出处。"石袂:当为左袂(左袖)之讹。严忌《哀时命》中有"衣摄叶以储与兮,左袪挂于榑桑(即扶桑)",意思是左袖太长,挂在扶桑树上。

⑤仲尼:孔子。出涕:孔子泣麟的故事。麒麟是一种象征祥瑞的灵

兽。据《公羊传》:春秋时,鲁哀公十四年(前481)春,西狩获麟,孔子见到后哀而出涕。

【赏析】

《临路歌》是李白于广德元年(763)临终前,写于当涂的一首诗。李白时年63岁,投奔其做当涂县令的从叔李阳冰,沉疴日亟,自知康复无望,病中长吟《笑歌行》《悲歌行》,终于以"腐胁疾",病死在当涂,病逝前赋有《临路歌》一首。

据说,这篇赋的初稿,写于青年时代。可能受了庄子《逍遥游》中所描绘的大鹏形象的启发,李白在赋中以大鹏自比,抒发他要使"斗转而天动,山摇而海倾"的远大抱负。后来李白在长安,政治上虽遭到挫折,被唐玄宗"赐金还山",但并没有因此志气消沉,大鹏的形象仍然一直激励着他努力奋飞。他在《上李邕》诗中说:"大鹏一日同风起,扶摇直上九万里。假令风歇时下来,犹能簸却沧溟水。……"也是以大鹏自比的。大鹏在李白的眼里是一个带着浪漫色彩的、非凡的英雄形象。李白常把它看作自己精神的化身。他有时甚至觉得自己真像一只大鹏正在奋飞,或正准备奋飞。但现在,他觉得自己这样一只大鹏已经飞到不能再飞的时候了,他要为大鹏唱一支悲壮的《临路歌》。

诗人开头以"大鹏飞兮振八裔,中天摧兮力不济"抒发感慨。这两句的意思是说:大鹏展翅远举啊,振动了四面八方;飞到半空啊,翅膀摧折,无力翱翔。诗人以大鹏自比,概括了自己的生平。"大鹏飞兮振八裔",大鹏气势惊人,远振四方,这其中可能隐含李白受诏入京产生的影响和曾有过的辉煌。"中天摧兮",然而大鹏飞到半空却伤了翅膀,暗指他在长安受到挫折。诗人的人生际遇,恰如这大鹏,如此理解这两句诗既能感受诗中的形象和气魄,又能与诗人的生平经历相关联,从而领略那无限苍凉而又感慨激昂的意味,着实震撼人心。

接着,诗人用"余风激兮万世,游扶桑兮挂石袂"两句发表议论。此两句的大意是,大鹏虽然中天摧折,但其遗风仍然可以激荡千秋万世。这两句承接上两句,实质是说理想虽然幻灭了,但自信自己的品格和精神,仍然会给世世代代的人们以巨大的影响。扶桑,君主的象征,这里"游扶桑"即指到了皇帝身边。"挂石袂"是指衣袖让树高千丈的扶桑挂住。在李白的意识中,大鹏和自己有时是不分的,有时大鹏就是自己,到底是扶桑挂住了大鹏的翅膀,还是挂住了自己的衣袖? 这样的奇句,只有李白这样具有丰富想象力的奇人才会写出。

"后人得之传此,仲尼亡兮谁为出涕?"两句,诗人采用了用典的修辞方法。前一句写后人得到大鹏半空夭折的消息,以此相传;后一句运用了孔子泣麟的典故。传说麒麟是一种象征祥瑞的异兽。哀公十四年(前481),鲁国猎获一只麒麟,孔子非常难受。诗人用此典故,意思是说,如今孔子已经死了,谁肯像他当年痛哭麒麟那样为大鹏的夭折而流泪呢? 这两句表达了诗人深信后人对此将无限惋惜,同时慨叹当今之世没有知音,此所谓"千秋万岁名,寂寞身后事"。

《临路歌》可看作李白自撰的墓志铭,是李白对自己一生的回顾与总结。李白一生,怀抱远大理想,又执着于理想,为实现自己的理想追求了一生。诗中字里行间流露着诗人对人生的无比眷念,对未能才尽其用的深沉惋惜。从此,李白与大鹏形象融为一体。以身后的大鹏为背景的李白翘首望天的形象,将永远留存于人们的脑海里。

怀古咏史

　　怀古咏史诗在我国文学史上占有重要的地位，是我国古代诗歌百花园里一株别具风格、情韵隽永的灿烂花朵。唐代伟大诗人李白，身世复杂，阅历丰富，足迹几乎遍及唐代中国的主要地区。在他的诗文创作中，怀古咏史诗歌占了一定的比重。所谓怀古咏史诗歌，是指以特定的历史人物、历史事件或历史变迁为其吟咏对象而写的诗歌。李白流传下来的这类诗内涵丰富复杂，它不像纯粹的咏史诗那样只是一味地翻衍古人古事，而更多的是从历史题材出发，借古喻今。通过欣赏这些作品，我们可以更深入地理解李白的建功立业思想和隐逸情结。这是李白生平思想中始终存在的矛盾，一方面有强烈的政治抱负，另一方面对隐逸和游仙产生浓厚的兴趣。

夜泊牛渚怀古①

牛渚西江夜②，青天无片云。
登舟望秋月，空忆谢将军③。
余亦能高咏，斯人不可闻。
明朝挂帆席，枫叶落纷纷。

【注释】

　　①牛渚(zhǔ)：牛渚矶，又名采石矶，在安徽省马鞍山市采石镇西翠螺山西南部。矶头高约50米，突兀江中，风光绮丽，与岳阳城陵矶、南京燕子矶合称长江三矶。《元和郡县图志》："牛渚山，在县北三十五里，山突出江中，谓之中渚圻，津渡处也。……晋左卫将军谢尚镇于此。温峤至牛渚，燃犀照诸灵怪，亦在于此。"

　　②西江：古时称江苏省南京市至江西省九江市一段长江为西江。

③谢将军：东晋谢尚，字仁祖，陈郡阳夏(今河南太康)人，曾封建武、安西、建威、镇西将军，曾率军镇牛渚。

【赏析】

这是李白于开元十五年(727)秋天，东涉溟海之后，溯江往洞庭云梦经采石时所作。

这是一首怀古的五言律诗。诗人写了自己夜泊牛渚的所见所感。

牛渚，即采石矶，当涂县西北紧靠长江的一座山，北端突入长江，有人将此地戏称为当涂的后院。诗题下有原注说："此地即谢尚闻袁宏咏史处。"据《晋书·文苑传》记载：袁宏少时孤贫，以运租为业。镇西将军谢尚镇守牛渚，秋夜乘月泛江，听到袁宏在运租船上朗诵他自己所作的咏史诗，非常赞赏，于是邀袁宏过船谈论，直到天明。袁宏得到谢尚的赞誉，从此声名大著。题中所谓"怀古"，就是指的这件事。

首联"牛渚西江夜，青天无片云"，点题，点明时间、地点，接着用"青天无片云"描写牛渚一片碧海青天、万里无云的夜景。寥廓空明的天宇，苍茫浩渺的西江，在夜色中融为一体，显出境界的高阔渺远，而诗人置身其间时那种悠然神远的感受也就自然融合于其中。

颔联"登舟望秋月，空忆谢将军"，由牛渚"望月"过渡到"怀古"。谢尚当年在牛渚乘月泛江遇见袁宏月下高吟这一富有诗意的故事，与诗人眼前所在之地、所见之景巧合，使诗人由"望月"而"怀古"，空阔渺远的境界触发其对古今的联想。诗人由"望"而"忆"，非常自然地由景而想到人。一个"空"字，写"我"对谢将军的怀念毫无用处，在表达了一种失望之情的同时，也自然过渡到下联。

颈联"余亦能高咏，斯人不可闻"紧接上联，是说"我"也能像袁宏那样高吟好诗，可是却再难遇到谢将军那样爱才、识才的人了。诗人发出了怀才不遇的深沉叹息。诗人的思绪，由眼前的牛渚秋夜景色联想到往古，又由往古回到现实，并情不自禁地发出感慨。"不可闻"呼应"空忆"，寓含着世无知音的深沉感喟。

尾联"明朝挂帆席，枫叶落纷纷"，诗人想象明朝挂帆离去的情景。在飒飒秋风中，片帆高挂，客舟即将离开江渚；枫叶纷纷飘落，像是无言地送着寂寞离去的行舟。秋色秋声，进一步烘托出因不遇知音而引起的寂寞凄清情怀。以景结情,造成一种悠然不尽的神韵,让人回味无穷。

这首诗当是诗人失意后在当涂所作,那时诗人对未来已经不抱希望,但自负才华而怨艾无人赏识的情绪仍溢满诗中。全诗明朗而单纯,具有一种令人神远的韵味。

书怀赠南陵常赞府①

岁星入汉年②,方朔入明主③。
调笑当时人,中天谢云雨。
一去麒麟阁④,遂将朝市乖⑤。
故交不过门,秋日草上阶。
当时何特达⑥,独与我心谐。
置酒凌歊台,欢娱未曾歇。
歌动白纻山⑦,舞回天门月。
问我心中事,为君致前辞。
君看我才能,何似鲁仲尼⑧?
大圣犹不遇,小儒安足悲?
云南五月中,频丧渡泸师⑨。
毒草杀汉马,张兵夺秦旗。
至今西二河⑩,流血拥僵尸。
将无七擒略⑪,鲁女惜园葵⑫。
咸阳天地枢,累岁人不足。
虽有数斗玉,不如一盘粟。
赖得契宰衡⑬,持钧慰风俗⑭。
自顾无所用,辞家方未归。
霜惊壮士发,泪满逐臣衣。
以此不安席,蹉跎身世违。
终当灭卫谤⑮,不受鲁人讥⑯。

【注释】

①南陵:今安徽省南陵县。唐代隶江南西道之宣州。赞府:唐代官名,

即县丞。洪迈《容斋随笔》:"唐人呼县令为明府,丞为赞府。"

②岁星:即木星。这里比喻东方朔为岁星下凡。

③方朔:即东方朔,为汉武帝刘彻弄臣,官至太中大夫,以奇计俳辞和诙谐滑稽著名,后人传其异闻甚多。

④麒麟阁:汉代阁名,在未央宫中。这里借指翰林院。

⑤朝市:指朝廷。乖:离开。

⑥特达:语出《礼记》。引申意为不受拘束。这里意思是说自己出朝后不为官爵所累。

⑦白纻山:在今安徽省当涂县城东五里处,本名楚山。传说东晋大司马桓温常携女乐登此山游乐,好为《白纻歌》,因改今名。

⑧鲁仲尼:指孔子。

⑨泸:水名,即泸江,位于金沙江下游。

⑩西二河:即西洱河,今称洱海,在云南大理附近,形如人耳,故名。

⑪七擒:指诸葛亮七擒孟获的故事。《三国志·诸葛亮传》:"三年春,亮率众南征……"裴松之注:"《汉晋春秋》曰:亮至南中,所在战捷。闻孟获者为夷、汉所服,募生致之。既得,使观于营阵之间,问曰:'此军何如?'获对曰:'向者不知虚实,故败。今蒙赐观营阵,若祇如此,即定易胜耳。'亮笑,纵,使更战。七纵七擒,而亮犹遣获,获止不去,曰:'公,天威也,南人不复反矣。'"

⑫"鲁女"句:指汉刘向《烈女传》中记载的鲁女忧国的故事。鲁女为春秋时鲁国漆室邑人,因为曾经有晋国客人住在她家,马拴在园里,弄跑后把园内向日葵都踩断了,以致终年没有葵吃。由此联想到"今鲁君老悖,太子少愚,奸伪日起",担心国家会因此发生祸乱,人民遭受战乱之灾。此处喻指朝廷昏庸腐败给人民带来的灾祸。

⑬契(Xiè):传说中商朝君主的始祖,舜时曾助禹治水有功,被任为司徒,掌管教化。宰衡:原为汉平帝时加封王莽的称号,此指宰相。

⑭钧:制作圆形陶器所用的转轮。古代常以此喻国政。

⑮卫谤:指孔子在卫国遭诽谤的故事。据《论语》记载,孔子到卫国,谒见卫灵公夫人南子,受到人们的诽谤,连他的学生子路也产生了怀疑。

⑯鲁人讥:鲁人指鲁国大夫叔孙武叔。武叔曾诋毁孔子,说"子贡贤于仲尼",结果遭到孔子的弟子子贡的驳斥。

【赏析】

这是李白于天宝十三年(754)写于当涂的一首政治抒情诗。

南陵常赞府是李白好友,常来当涂,诗中的"凌歊台""白纻山""天门(位于横山)"都是当涂的美景,李白与其歌舞欢娱后常书怀写赠,除这首诗外,还有两首诗写到他,即《于五松山赠南陵常赞府》《与南陵常赞府游五松山》。这首诗作于安史之乱前一年。那年六月,"剑南留后李宓率兵伐云南蛮,至西洱河,举军陷没。又关中自去秋水旱相继,人多乏食,诏出太仓米一百万石,贱粜以济贫民"。当时,唐王朝日趋腐朽,对外穷兵黩武,对内横征暴敛,加上天灾人祸,人民苦不堪言,国家岌岌可危,诗中描述了这种情形。联系到自己怀才不遇、报国无门的遭际,诗人忧心如焚,故而借赠友人之机,一吐为快。

全诗大致可分为四部分。

第一部分起于"岁星入汉年"止于"独与我心谐",共十句,主要写自己被逐出朝的遭遇。这部分的大意是:在木星下凡落入汉朝的那一年,东方朔侍奉汉武帝这位英明的君主。我待诏翰林时也如同东方朔一样调侃嘲笑过时臣,于是被逐出朝而未能沾君恩露。一旦离开了翰林院,便与朝廷和京城长久分开。交好的故友不再登门,秋草日渐长上了门前的台阶。当今您却特别通达,独自与我交往心谐。诗的开头部分借用汉代东方朔的故事,讥讽和控诉唐王朝践踏人才,使"贤者"不遇。这一部分看似写东方朔,实际上是在写自己,所以诗人发出了"当时何特达,独与我心谐"的感慨。八百年前的东方朔,只有如今与他经历相似的我才能理解啊!这两位千古知己,确实有着很多相似的经历和命运。天宝元年(742),诗人奉诏入京,供奉翰林,李白以为这是自己实现"济苍生、安社稷"政治抱负的机会,实际上,也只是像东方朔一样,被唐玄宗视为文学弄臣而已。于是,失望之余,便有了"浪迹纵酒,以自昏秽,咏歌之际,屡称东山"之举,"天子呼来不上船"是这样,沉醉金銮殿,引足令高力士脱靴更是这样,丝毫不亚于东方朔"戏万乘若僚友,视俦列如草芥"。不到三年,就被玄宗"赐金还山",谢云雨(君主恩泽)而去。"故交不过门"二句描写的是封建时代官场上的世态炎凉,由于免官离开朝廷,那些故交好友从此疏远,门庭冷落,以致秋草都蔓生到了门前的台阶上。

诗的第二部分从"置酒凌歊台"至"小儒安足悲",共十句。主要写诗人与常赞府的交游。这部分的大意是:此来又置酒于凌歊高台,欢乐愉快未曾歇。歌声震动了白纻山林,欢舞像缠绕着天门山月。您问我心中有何事烦恼,我在您面前细细述说。您看我的才能,与鲁国的孔子多么相似。像他那样的大圣人犹未遇到相知的君王,而我这小儒未被所用又何足悲戚?诗中所写歌、舞、酒,看似欢娱,其实只不过是诗人内心苦闷的一种排遣。当与好友常赞府谈及自己的境遇和前途时,面对好友的关心,诗人情不自禁地向他倾吐积累在心中的感慨:孔子这个历代所推崇的大圣人,生前尚且没有遇到被发现和重用的机会,一生郁郁不得志,我的才能与孔子相比,只不过是一个小人物而已,遭到别人的排挤和弃用,又有什么值得可悲的呢?"大圣犹不遇,小儒安足悲"实际上不过是诗人借孔子以自嘲,是面对黑暗现实而表现出的一种无可奈何的自宽自慰。

诗的第三部分从"云南五月中"至"持钧慰风俗",共十四句。描写的是唐王朝发兵征讨南诏,屡遭失败的事。这一部分的大意是:前不久的云南夏季五月,朝廷的渡泸之师频频丧灭。敌人用有毒之草毒杀朝廷的战马,强大的敌军夺掠了唐军战旗。时至今日的西洱河中,流淌的血水仍然拥积着将士的尸体。朝廷的将领没有当年诸葛亮七擒七纵的谋略,百姓只得像鲁女惜葵一样担心国难不得生息。长安作为京都是天下的枢纽,几年来百姓总是粮食不足。虽然那里有许多珍珠美玉,到这时却不如一盘米粟。幸赖有像古代贤人般契那样的宰相,秉持国政慰藉风俗。这一部分写诗人没有沉溺于这种幻想般的自慰,笔锋一转,把视野转到了整个社会。"云南五月中"描写的是唐王朝发兵征讨南诏,"流血拥僵尸",唐兵惨状不忍目睹。"将无七擒略",诗人指出战争失败的直接原因是将帅无能,朝廷任用无能之辈,军中缺乏良将,结果只能是失败。"鲁女惜园葵"表面上看是写人民忧虑着战乱带来的饥饿和灾难,其实诗人在这里用此典故,还有着深层的含义,即鲁女忧国,是因为"鲁君老悖",致使"奸伪日起",实际上是暗指唐玄宗年老昏聩,权奸当道,政治腐败,使人民遭殃,这才是战争失败的根本原因。

诗的第四部分自"自顾无所用"至结尾,共八句,主要表达自己怀才不遇的感慨以及定能施展抱负的信念。这一部分的大意是:我看自己无所用世,辞家出游至今未归。惊叹着壮士的鬓发如霜,泪水常常流满逐臣的衣襟。因此我睡不安席，蹉跎的经历违背世事令人伤心。我终究要消除时人的毁谤，不再受到他人的讥评。在这一部分，诗人又将视线由社会转回自己身上。从战争缺乏良将，治国缺少良相，再联想到自己空怀一身壮志，抱负无法施展，不由得引发怀才不遇的感慨。"自顾无所用，辞家方未归"二句意思是说，尽管国家处在最需要用人的时刻，尽管自己有着"济苍生、安社稷"的才能，却不为朝廷所用，只能浪迹江湖，毫无所为。但是忧国忧民的诗人对这一切又怎能放得下呢？不知不觉中，过度的忧虑使诗人发如秋霜，泪湿衣衫，而且坐卧不能安宁。一个"惊"字，一个"满"字，何其沉重，何其辛酸！其忧国忧民的深情，溢于言表。在诗的结尾，尽管是"蹉跎身世违"，诗人并没有因此而沉沦，他还要奋争，而且十分坚定地表示"终当灭卫谤，不受鲁人讥"，用孔子受诽谤、被讥笑的遭遇，幻想自己终究会酬其壮志，展其抱负，表达了坚定的信念，充满着强烈的乐观精神。

全诗坦率地披露着自己的情怀，并把黑暗的政治、腐败的军事、不安定的社会现状和个人的怀才不遇联系在一起。巧用历史，指陈时事，借事托志，志以显事，前后映衬，诗意波澜起伏，跌宕有致，不但鲜明地再现了"霜惊壮士发，泪满逐臣衣"的主人公形象，而且落笔沉痛，蕴含深远，不失为李白政治抒情诗中的佳作之一。

即事感怀

李白的即事感怀诗,"事"与"怀"的结合是很自然、高明的。如"谁家玉笛暗飞声?"(《春夜洛城闻笛》),诗人的故园情思是由一曲《折杨柳》引发的,先写笛声满城飞扬,再写故园之思深浓。"事"和"怀"的结合紧密、自然、熨帖。

李白的即事感怀诗,所抒之"怀"是深挚感人的。特别是思乡、念亲、怀友、赠别之作,若是矫情造作,必然无从动人,能够流传千古的,都有一份真挚的感情。"李白乘舟将欲行,忽闻岸上踏歌声。桃花潭水深千尺,不及汪伦送我情。"(《赠汪伦》)"太白于景切情真处,信手拈出",诗人以浅易的语言抒发了真挚诚恳的情怀。

月夜江行寄崔员外宗之①

飘飘②江风起,萧飒③海树秋。
登舻④美清夜,挂席⑤移轻舟。
月随碧山⑥转,水合青天流。
杳如星河⑦上,但觉云林幽。
归路方浩浩,徂川去悠悠。
徒悲蕙草⑧歇,复听菱歌愁。
岸曲迷后浦,沙明瞰前洲。
怀君不可见,望远增离忧⑨。

【注释】

①崔宗之:杜甫所咏"饮中八仙"之一,是李白好友,开元二十七年(739)左右任礼部员外郎。

②飘飘:一作"飘摇"。

③萧飒:稀疏,凄凉。

④舻:船前头刺棹处。

⑤挂席:扬帆。

⑥碧山:青山。

⑦星河:银河。

⑧蕙草:香草名。又名薰草、零陵香。

⑨离忧:即"罹忧",遭忧之意。

【赏析】

这首诗是李白于天宝六年(747)来到当涂泛舟于采石矶时所作。

这一年春天,李白自扬州、金陵溯江而上至当涂,时年47岁。他纵情游览当涂山川名胜,或去采石矶上泛舟,或去天门山上游赏,或去横望山里探幽。此诗即是当时的作品。

全诗共十六句,大致可分两层。第一层主要写"月夜江行",以写景叙事为主;第二层主要写"寄崔宗之",表达对崔宗之的怀念,以写情为主。

第一层自"飘飘江风起"至"但觉云林幽",共八句。这一层的大意是:江风飘飘而起,海树一派萧瑟秋色。登上华美的楼船欣赏优美的月夜,挂上帆席移动轻舟。美丽的月亮追随碧山回转,水波浩荡与青天合流。感觉就在天上的星河里,也感觉有云林之幽。这一层写诗人在一个美好的清秋月夜,眼前江风飘飘,海树萧萧,登上舟船,扬起帆席,在江面上轻轻移动,仰望明月挂空,感觉天高气爽。水色澄空,星河倒影,恍恍惚惚,仿佛已离开人间,在杳杳渺渺的星河上行舟。诗人写清夜用"美",写舟移用"轻",写月行用"随",写山用"碧",写天用"青",在良辰美景的描述中,可见诗人心境的恬然与闲适。在叙事、写景的同时,也写自己神奇而富有情趣的感受。

第二层自"归路方浩浩"至诗的结尾,共八句。这一层的大意是:归路浩浩家在何处?流逝的岁月悠悠远去。蕙草枯歇,徒添悲哀,菱歌声幽,听着心愁。江岸曲折,路迷后浦,沙明水秀,高瞻前洲。思念你,却不得相见,遥望远方,频增离忧。

这一层诗人以"归路方浩浩,徂川去悠悠"两句过渡,回顾来途则归路浩浩,瞻望前路则徂川悠悠,心中不觉升起一缕淡淡的哀绪。"浩浩""悠悠",仍然是眼前之景,但景中已不露声色地注入诗人的情感。接着,引出

"徒悲蕙草歇""复听菱歌愁",从而引出对崔宗之的怀念,增添一种离忧之愁。秋日怀人,情调凄楚,情绪直转而下。此两句用笔自然,不露凿痕。"岸曲迷后浦,沙明瞰前洲"两句明为景语,实为情语。河岸曲折,后浦迷不可觅;沙头明亮,前洲清楚可见。归路凄迷,不知何时才能再同友人聚首;徂川悠悠,逝者如斯,不知来日还有几多,往日携手同游的一幕幕似又映现在眼前。"怀君不可见,望远增离忧。"本来,望远是希望能望见朋友,但朋友既"远",望之而又不能及之,既不能及之,远望反而增添忧愁,表达出对朋友崔宗之的一片深情。

李白与崔宗之之间的情谊深厚。全诗诗人触景生情,寓情于景,由景及人,表达出对友人的深情怀念。

夜泊黄山闻殷十四吴吟①

昨夜谁为吴会吟②,风生万壑振空林。
龙惊不敢水中卧,猿啸时闻岩下音。
我宿黄山碧溪月,听之却罢松间琴。
朝来果是沧洲逸③,酤酒提盘饭霜栗④。
半酣更发江海声⑤,客愁顿向杯中失⑥。

【注释】

①殷十四:此人姓殷,排行第十四,名字不可确知,是个隐士。吴吟:吴地的歌吟。此处"吴吟"指吴语。

②吴会:地域名,本是东汉时吴郡、会稽郡的合称,包括今太湖流域和钱塘江以东至福建的地区。唐诗中大量的"吴会"都是指这二地,即苏州和越州一带。

③沧洲:水滨,一般指隐士所居之处。逸:隐逸,隐者。

④酤(gū)酒:买酒。饭:名词作动词用,此处指请诗人李白吃。霜栗:经霜的板栗,大约更甜美。

⑤江海声:如同江涛海啸之声,形容歌声的豪壮。

⑥客愁:客居外地而产生的愁绪。李白晚年客居当涂,当涂不是他老家所在之地,故不免引起乡思之愁肠。

【赏析】

这是李白于天宝十三年至天宝十五年(754—756)写于当涂的一首诗。这期间李白在当涂有较长时间停留,与当涂官员、寺僧的频繁交往成为其诗中内容,《夜泊黄山闻殷十四吴吟》就是其中的一首。

全诗按时间顺序可分为两层。

第一层由首句至"听之却罢松间琴",共六句。诗中以"昨夜"二字领起,写昨夜之事。第二层由"朝来果是沧洲逸"至诗的结尾,共四句。这一层以"朝来"二字领起,写今朝之事。全诗以"闻"为统领,重在一个"闻"字,由"闻"写出诗人自己感情的顿挫跌宕。"昨夜"侧重写"闻";今朝在写见到吟讴者之后,又进一步写到"闻",是对昨夜所闻的补足,也是进一步加强与深化。全诗的大意是:昨夜是谁唱出吴地的歌声,就像万壑之风振响空寂的树林。蛟龙惊起不敢在水中静卧,山猿也不时停下啸声来听山岩下的歌声。我宿在明月照着碧溪的黄山下,听了停止在松林间弹琴。早晨才知道您果然是位隐逸之士,便提盘沽酒并以霜栗当饭助兴。酒至半酣您又发出江涛海啸的歌声,使我的愁绪在酒杯中消失殆尽。

这首七言古诗虽然短小,但极具故事性,读来极易勾起人们的联想与想象。一个秋末冬初之夜,李白宿于当涂黄山,月华似水,碧流淙淙,诗人夜不能寐,取鸣琴于松林下弹之。正弹得兴致浓时,忽然听到有人高吟吴地的歌谣。歌吟之声,响遏行云,声振林木,使秋日落叶已尽的空寂山林犹如万壑风生。此时诗人展开想象的翅膀,想到原本静卧于水底的蛟龙,因被这歌吟惊动,不敢安憩了;想到夜宿于岩石之下的猿猴,为吴吟所震慑,吓得叫啸起来。总之山林间栖宿的各种鸟兽都被吟哦之声唤醒了,使方才还一片宁谧的黄山,变得热闹起来。连胆气豪壮的诗人自己,也为之动容、动心,停下了手中铮铮的琴声。那么,是什么人的歌吟才有如此动人心魄的魅力呢?诗人估计只有隐逸之士,才能这么放纵不羁,任情啸傲于林泉。果然不出诗人所料,"朝来果是沧洲逸,酤酒提盘饭霜栗"。"果是"二字写出了诗人兴奋快慰之情,这并不在于自己猜测的准确无误,而在于在冷漠荒凉的尘寰又逢知己。李白是放浪江湖的,这殷十四一定是久慕李白惊世之声名,故意在李白卧榻之侧长啸放讴以引起诗人注意的。你看这位殷十四,不请自来,而且自为东家,买了酒,提着盘子,以上好的板栗来款待一代诗仙,其情之真,其心之切,不是历历如在眼前吗!

天宝末年,诗人盘桓于金陵当涂一带,生活上漂泊不定,独宿于江畔黄山。明月下,在碧溪畔的松林间抚琴;寻访隐者,提盘沽酒,霜果当饭;闻歌忘愁,杯酒释怀。也许恰是无所凭靠之际,李白与殷十四虽只是初面,却能一见如故,友情契合。难怪殷十四在半酣之时又放声为吴吟,其声似江波奔涌、海涛澎湃,竟使满腹愁结的诗人顿时消散了愁忧,并挥毫写下这首动情的诗章。由此也可见诗人胸襟之开阔,心境之豁达,志趣之高雅,到底不因处境之艰辛而失其高卓之志。

赠丹阳横山周处士惟长①

周子横山隐②,开门临城隅③。
连峰入户牖④,胜概凌方壶⑤。
时枉白纻词⑥,放歌丹阳湖⑦。
水色傲溟渤⑧,川光秀菰蒲⑨。
当其得意时,心与天壤俱。
闲云随舒卷,安识身有无。
抱石耻献玉⑩,沉泉笑探珠⑪。
羽化如可作⑫,相携上清都⑬。

【注释】

①丹阳:古代县名,唐代时在今当涂县城东北26千米处。至唐贞观年间将其改为镇,即今江苏省江宁县与安徽省当涂县交界的小丹阳镇,今属马鞍山市博望区。横山:在今当涂县城东北30千米处,又名横望山、衡山。主峰海拔459米,山势嵯峨,林茂壑秀。处士:不愿做官的人,有修养、有操守的人。

②隐:隐居不仕。

③隅(yú):角落。

④连峰:连绵不绝的山峰。据清康熙《太平府志》记载,横山周围有八十里。户牖(yǒu):门窗。户,门。牖,窗。

⑤胜概:指优美的风光景物。凌:超越,越过。方壶:亦名方丈,海上三

神山之一。据高辛《拾遗记》记载,渤海中有三座仙山,其形状都像壶器,一为方壶,一为蓬壶(即蓬莱),一为瀛壶(即瀛洲),据说这三座山都是中部狭小,上部较大,而底座呈方形。

⑥白纻词:即《白纻歌》的文辞。

⑦丹阳湖:在当涂县城东南35千米。唐代时湖水辽阔,据《元和郡县图志》载,湖的周围有三百余里。1960年后由于围湖造田,而今只剩一条狭长水道与水阳江、姑溪河相通。

⑧溟渤:渤海。

⑨菰(gū)蒲:两种水草名。菰,又名茭菰、交白,到秋季结实名为菰米,又称雕胡米,可煮食。蒲,香蒲草,嫩芽可食,秋叶可编席编包。

⑩"抱石"句:用《韩非子·和氏》中的典故,说"楚人和氏得玉璞楚山中,奉而献之厉王。厉王使玉人相之,玉人曰:'石也。'王以和为诳,而刖其左足。及厉王薨,武王即位,和又奉其璞而献之武王。武王使玉人相之,又曰:'石也。'王又以和为诳,而刖其右足。武王薨,文王即位,和乃抱其璞而哭于楚山之下,三日三夜,泣尽而继之以血……王乃使玉人理其璞而得宝焉,遂命曰'和氏之璧'"。

⑪"沉泉"句:用《庄子·列御寇》中典故,说:"河上有家贫恃纬萧而食者,其子没于渊,得千金之珠。其父谓其子曰:'取石来。锻之!夫千金之珠,必在九重之渊而骊龙颔下。子能得珠者,必遭其睡也。使骊龙而寤,子尚奚微之有哉!'"纬萧,织芦席。锻,锤碎。"尚奚微之有"意思是"还能拿到什么细微的东西吗?"。尚,还。奚,何,怎么,什么。

⑫羽化:像鸟一样长出羽毛来,指飞升为神仙。

⑬清都:天帝居住的宫阙。

【赏析】

这首诗是李白第三次游历当涂时写下的一首七言古诗。

唐玄宗天宝六年(747),李白由扬州、金陵溯江而上,第三次来到当涂。人到中年的诗人已阅历甚广,游遍名山大川,但当涂的山光水色,让他流连忘返,他常到"月随碧山转,水合青天流"(《月夜江行寄崔员外宗之》)的采石江上泛舟,到雄奇壮美的天门山欣赏"两岸青山相对出,孤帆一片日边来"(《望天门山》)的奇景,并在"连峰入户牖,胜概凌方壶"(《赠丹阳横山周处士惟长》)的横望山寻幽探胜，当涂的山水洗涤了他遭谗被逐后的苦闷，也勃发了他的诗情。李白42岁入京为供奉翰林，不久即遭谗毁离京。早年的李白"仗剑去国，辞亲远游"，本想凭自己的满腹才华为唐王室建功立业的，不料权奸不容，连皇帝也以为他"非廊庙器"，即不配在朝廷任高位之人，将一代诗仙"赐金还山"，这无异于将诗人逐出了朝廷。诗人本来就瞧不起那些高官显贵，他"一醉累月轻王侯"，诗人的头脑中又有道家的保身出世思想，因此，在游当涂丹阳横山时，结识了处士周惟长，便引为知己，写下了这首赠诗。

全诗可分为两部分。

第一部分自诗的首句至"川光秀菰蒲"，共八句。诗人由人至物，以物衬人，写了隐者的所居和歌舞。这部分的大意是：周先生隐居在丹阳横山，开门就看到秀丽的丹阳城。连绵的山峦围绕住所，壮观的景色胜过仙乡。有空就写诗作曲，来了情绪就在丹阳湖上高唱《白纻词》。丹阳湖水清秀荡漾，远胜过东海浩荡的感觉，水光山色与菰蒲草共显娇娆。诗的开头"周子横山隐，开门临城隅"两句，写周处士隐居于丹阳横山，开门就能看到秀丽的丹阳城。虽不为世人所知，不为世人所重，但别有隐者之乐趣。"连峰入户牖，胜概凌方壶"两句写青霭缥缈的连绵山峰，一直扑入门窗之内。这种景致不是神仙的居处吗？因此，诗人认为优美的山景竟超过了海上神仙所居的方壶山！接下来，诗人用"时枉白纻词，放歌丹阳湖"，写隐者的自舞自歌。所谓"时枉白纻词"，写隐者狂舞之态，"枉"是扭曲变形的意思，大约这位隐者手舞足蹈起来，并不怎么遵守应有的态势举止，任情而舞，这恰是隐者蔑视一切束缚羁绊的表现。须知，李白也是一个善舞之人，他擅长鸲鹆（即八哥鸟）舞，想来，他对白纻之舞也并不陌生，这才能看出周处士的舞是不顾固定模式的。"放歌丹阳湖"指周处士不但不时随兴而舞，而且还在浩渺的丹阳湖畔放声高歌。"时枉白纻词，放歌丹阳湖"是直接写人，接下来，"水色傲溟渤，川光秀菰蒲"句一笔宕开，由人至物，以物衬人，极力摹写周处士隐居的自然环境。水色溟蒙，川光潋滟，浩大的渤海算不了什么，只有菰蒲的秀色才入得隐者之目。这里没有写社会尘浊之境，更无官场整冠束带的恶风，一派浑然天成的纯净之美，令人陶醉其中。

第二部分自"当其得意时"至诗的结尾，共八句。是第一部分基础上的升华。借周处士抒发感慨，表达了愿与周处士游仙山琼阁的愿望。这部分的大意是：当你得意之时，心灵与天地融为一体。任天上云卷云舒，看世界人来人往，哪里还感觉到自己的存在？身不在，痛苦何在？你身怀美玉而不露，心有高才而不显。如果我们学道成功，就一起携手游览仙山琼阁。这部分"当其得意时"中的"得意时"，很让人玩味。是舞蹈得意之时呢，还是引吭高歌得意之时呢？是连歌舞为何物都忘却的得意之时呢，还是深味隐者之深趣的得意之时呢？诗人似乎没有交待，但恰恰是诗人内心与外界浑然一体相互融入的真实写照。身心与自然合一，犹如不受拘束节制的"闲云"，舒卷自如，毫不做作，全无勉强，那么，作为天地间存在物的人之躯体，是有是无又怎么分辨得清楚呢？此时，天与人合一了，人归于天（大自然）了，这大约是隐者理想中的崇高境界吧！因而，诗人接下来写"抱石耻献玉，沉泉笑探珠"，运用典故，一方面嘲笑"献玉"与"探珠"之举。"献玉"，无非想求得君王的赏识，不外乎求的是"贵"；"探珠"，无非是想得到价值连城之宝，图的是"富"。另一方面用那帮汲汲于功名利禄之辈令人可耻、可笑之举，反衬周处士"富贵于我如浮云"的隐士风范。诗的最后两句"羽化如可作，相携上清都"，表达了自己如能学道成功，便与周处士一起携手游览仙山琼阁的愿望。

全诗以"隐"为线索，通过周处士的所见所闻，写出了丹阳美景，又借周处士抒发感慨，愿与其游仙山琼阁，表达了诗人对周处士人格的赞赏以及对自己人生的感慨。诗的语言飘逸潇洒，对当涂丹阳横山周围山水的描写，尤其引人入胜。诗人所写的超脱人世，羽化登仙，也许是诗人遭谗被逐后心境的一种显现，是诗人浪漫主义的一种表现吧。

恻恻泣路岐（古风五十九首·其五十九）

恻恻泣路岐①，哀哀悲素丝②。
路岐有南北，素丝有变移③。
万事固如此，人生无定期。
田窦相倾夺，宾客互盈亏④。
世途多翻覆，交道方崄巇⑤。
斗酒强然诺⑥，寸心终自疑。
张陈竟火灭⑦，萧朱亦星离⑧。

众鸟集荣柯⑨，穷鱼守枯池⑩。
嗟嗟失欢客⑪，勤问何所规⑫？

【注释】

①泣路岐：即"泣歧路"，又作"泣岐"或"岐遂"。汉代刘安《淮南子·说林训》中载："杨子见逵路而哭之，为其可以南，可以北。"逵路，岐路。因为岐路容易迷失方向，使人无所适从，所以感伤。

②素丝：白色的丝。

③变移：说颜色洁白的丝可以染成别的色彩。晋代陆机《为顾彦先赠妇》诗："京洛多风尘，素衣化为缁。"可作参考。

④"田窦"二句：司马迁《史记·魏其武安侯列传》载，西汉时，外戚田蚡为丞相，与前丞相窦婴争权，原先依附窦婴的门客，都趋势利而投附田蚡。这两句意思是讽刺天下人趋炎附势。

⑤崄巇(xiǎnxī)：艰险难行的样子。

⑥然诺：许诺。

⑦张陈：指张耳、陈余。据《史记·张耳陈余列传》载，张、陈二人初为刎颈交(生死之交)，后来产生了矛盾，张耳击杀陈余。火灭：像火一样熄灭。

⑧萧朱：指萧育、朱博。据班固《汉书·萧育传》载，萧育、朱博为友，"著闻当世，……后有隙，不能终，故世以为交难"。星离：星散，分散。

⑨荣柯：繁茂的草木。

⑩枯池：干涸的池塘。

⑪失欢客：李白自指。失欢，失去权贵的欢心。诗中反用《汉书·楼护传》中的典故。汉成帝时，有王氏诸舅，即王谭、王商、王立、王根、王逢，被封为王氏五侯。《汉书》中说："是时王氏方盛，宾客满门，五侯兄弟争名，其客各有所厚，不得左右，唯护(楼护)尽入其门，咸得其欢心。"

⑫规：谋求。

【赏析】

这首诗是李白于宝应二年(763)寓居当涂养病期间(也有另一种说法，下狱后被流放时期，途经当涂)因有感于原来的朋友怕惹事上身而纷纷躲避遂作。

本诗是组诗《古风五十九首》中的最后一首诗。原无标题,于是取首句作题,以醒眉目。全诗尽在阐发"人生无定期"之义。

全诗大致分为三部分。

第一部分自"恻恻泣路岐"至"人生无定期",共六句。这部分列举悲路岐、哀素丝二典故,引出"人生无定期"的话题。这部分大意是:古人杨朱看到岔路口就哭泣,墨子看到染布就嚎啕大哭。道路通南北,要走哪一条?人生道路多诱惑,一不小心就走错道。白布易染上色彩,黑道还是黄道?人生也是容易染上各种瑕疵的。世界万物基本如此,人生真的难以把握。这一部分开头四句,诗人用岐路易迷、素丝易染的比喻入题,使读者一下就会想到白云苍狗、翻手为云覆手为雨等变幻无定局之事、之人。四句比喻之后,紧接着用"万事固如此,人生无定期"两句议论并总结。

第二部分自"田窦相倾夺"至"萧朱亦星离",共八句。这部分以田、窦宾客互盈亏,张、陈火灭,萧、朱星离为例,夹叙夹议,感叹世俗趋炎附势,所谓刎颈之交,只是空言。这部分大意是:汉朝魏其侯窦婴和武安侯田蚡互相倾轧,宾客见风使舵,趋金逐利,不断改换门庭,何人品可言?世道就是如此翻翻覆覆,交谊就是这样颠颠倒倒。酒酣气高时的承诺,自己也感觉心虚。汉朝的张耳与陈余曾经是肝胆之交,后来却反目成仇,相互残杀。萧育与朱博曾经以好朋友著称于世,后来也分道扬镳。这一部分,诗人为了证实"万事固如此,人生无定期"这一议论,列举了历史上田蚡与窦婴争权夺利之事。但其落脚点不在田、窦两家的争斗,而是在那些"宾客"们,一帮舐痔吮痈的"宾客",趋炎附势哪里有什么区分贤愚、清浊、是非的标准呢?在讲了依附权贵之门的"宾客"后,诗人进一步讲到朋友之交。道是"世途多翻覆,交道方崄巇"。虽然在酒席之间有人效仿一诺千金的季布,但其实并非出于真心,只是勉强答应罢了。连承诺者自己的内心都怀疑自己承诺的真实性,那么,领受那承诺的人,哪里能指望酒席间信口而出的承诺会兑现呢?诗人又举了著名而有史实可证的实例,而且连举两例,以加强表达效果。一为张耳、陈余,由"刎颈交"而变为一个杀了另一个;一为萧育、朱博,从著名的友朋之交化为嫌隙不和。为人称道的张、陈、萧、朱尚且如此,一般化的交情又会怎样,自然是不言自明了。

第三部分自"众鸟集荣柯"至诗的末句,共四句。这一部分诗人描绘了自己在趋炎附势的世风中孤苦悲凉的境况。大意是:人往高处走,水向低处流,鸟集合在茂密的树木中,无路可走的鱼才困守在快枯竭的池塘。那些失去权利的人却往往问寒问暖,然而于事无补啊。这部分诗人写众人像"众鸟"那样"集荣柯",而自己不愿做趋炎附势、蝇营狗苟的"众鸟",也绝不到"荣柯"上去栖息。诗人自比于"穷鱼"(穷途末路之鱼),这"穷鱼"只能"守枯池",无法游出干涸下去的池塘,到江河甚至沧海去任情遨游。这一方面是由于自身能力的限制,另一方面是由于友人未肯伸手援助,更为根本的原因乃是自己已是一个"失欢客",即失去了朝廷、君王欢心的人。在当时的社会中,倘若一个文才超绝的人,不能得到统治者的赏识,那就迟早有一日会化为"穷鱼"的。可见,李白落到"穷鱼"的地位,乃是社会现状使然。从中,李白悲剧的历史原因可窥见一斑。

李白这首诗是有感于世态人心而发,反映了诗人被逐后对社会现实中世态炎凉的深刻体察。

赠友人三首

其 一

兰生不当户,别是闲庭草。
夙被霜露欺①,红荣已先老②。
谬接瑶华枝③,结根君王池。
顾无馨香美,叨沐清风吹④。
余芳若可佩,卒岁长相随⑤。

其 二

袖中赵匕首⑥,买自徐夫人⑦。
玉匣闭霜雪⑧,经燕复历秦。
其事竟不捷⑨,沦落归沙尘。
持此愿投赠,与君同急难。
荆卿一去后⑩,壮士多摧残。
长号易水上⑪,为我扬波澜。
凿井当及泉⑫,张帆当济川。

廉夫唯重义⑬,骏马不劳鞭。

人生贵相知,何必金与钱!

其　三

慢世薄功业⑭,非无胸中画⑮。

谯浪万古贤⑯,以为儿童剧⑰。

立产如广费⑱,匡君怀长策。

但苦山北寒,谁知道南宅⑲。

岁酒上逐风⑳,霜鬓两边白。

蜀主思孔明㉑,晋家望安石㉒。

时来列五鼎㉓,谈笑期一掷㉔。

虎伏避胡尘,渔歌游海滨。

弊裘耻妻嫂㉕,长剑托交亲㉖。

夫子秉家义㉗,群公难与邻。

莫持西江水㉘,空许东溟臣。

他日青云去,黄金报主人。

【注释】

①夙(sù):早。

②红荣:红色的花。此泛指花。

③瑶华:传说中的仙花,色白,花香,服食可致长寿。晋张华《游仙诗》:"列坐王母堂,艳体岁瑶华。"此用以比喻高贵花木。

④叨:见《下途归石门旧居》注。

⑤卒岁:终年,一年到头。

⑥赵匕首:战国时代荆轲刺秦王所用的匕首,因得自赵国徐夫人,故称"赵匕首"。《史记·刺客列传》称,此匕首"取之百金,使工以药淬之以试人,血濡缕,人无不立死者。乃装为遣荆卿"。此用以比喻匕首之锐利精良者。

⑦徐夫人:姓徐,名夫人,男性,赵国人。

⑧霜雪:比喻匕首锋利无比。刀刃寒光白如霜雪。

⑨捷:成功。

⑩荆卿:即荆轲,战国末年刺客。其先祖为齐人,后徙卫,卫人称其为

庆卿。入燕,燕人称荆卿。应燕太子丹之请,由燕入秦庭,谋刺秦王嬴政,事败被杀。事见《史记·刺客列传》。

⑪易水:河流名,发源于河北易县。荆轲奉命由燕入秦刺秦王,燕太子丹等白衣冠送之,至易水,荆轲唱《易水歌》壮别:"风萧萧兮易水寒,壮士一去兮不复还!"

⑫"凿井"句:意指欲成大事,当坚持到底,志在必成。《孟子·尽心上》:"掘井九仞,而不及泉,犹为废井也。"此反其意而用之。

⑬廉夫:旧称有气节、不苟取的人。

⑭慢世:玩世不恭。三国魏嵇康《司马相如赞》:"长卿慢世,越礼自放。"

⑮画:筹画,谋划,计策。

⑯谑(xuè)浪:嬉笑不敬。

⑰儿童剧:此处为儿戏的意思,指处理事情轻率玩忽,等同儿戏。

⑱"立产"句:李白用汉疏广事,言其不事产业,钱财随手费尽,不为子孙置产,如同汉之疏广。疏广,西汉东海兰陵人,字仲翁,少好学,宣帝时为太傅,在位五年,后谢病免归。疏广归乡里,日与族人、故旧、宾客具设酒食以娱乐,不为子孙置田产,尝曰:"(子孙)贤而多财,则损其志;愚而多财,则益其过。"事见《汉书·疏广传》。

⑲道南宅:《三国志·吴书·周瑜传》:"初,孙坚兴义兵讨董卓,徙家于舒。坚子策与瑜同年,独相友善,瑜推道南大宅以舍策,升堂拜母,有无通共。"

⑳"岁酒"句:梁元帝萧绎有诗云:"滩声下溅石,猿鸣上逐风。"又云:"长条垂拂地,轻花上逐风。"然李白"岁酒上逐风"句颇不可解,疑其间有误字。

㉑蜀主:指三国蜀汉政权之主刘备,曾称帝于成都。孔明:三国蜀汉丞相诸葛亮,字孔明。

㉒安石:东晋谢安,字安石,曾隐居东山(今浙江上虞县西南),年四十始出仕,官至宰相,曾指挥晋军于淝水大败前秦苻坚,使东晋转危为安。

㉓五鼎:古代祭礼,大夫用五鼎盛羊、豕、肤(切细的肉)、鱼、腊(xī,干肉)祭祀,后用来比喻高官厚禄。

㉔一掷:指轻财挥霍。《宋书·武帝记》:"刘毅家无担石之储,樗蒲(泛指

赌博)一掷百万。"

㉕耻妻嫂：为妻嫂所耻笑，被妻嫂看不起。

㉖"长剑"句：指冯驩(即冯谖)弹剑的故事。战国时士人冯驩家贫，无以为生计，闻孟尝君好客，遂穿草鞋拜见孟尝君。孟尝君初不器重，将他安置于下客所住的传舍。过十日，冯驩弹其长剑而歌曰："长铗归来乎！食无鱼。"孟尝君闻言，遂将他移置于中客所住的幸舍。从此以后，每餐皆有鱼可食。事见《史记·孟尝君传》。

㉗夫子：指所赠之友人。家义：即家风、世德。

㉘"莫持"二句：此用辙鲋典故，为李白向友人求助之词。

【赏析】

《赠友人三首》是李白于肃宗至德元年(756)写于当涂的诗。这期间，李白在当涂有较长时间停留，与当涂官员、寺僧的频繁交往成为其诗中内容。

《赠友人三首》所赠对象未必为一人，其中第二首题作《赠赵四》。赵四，排行四，河北人，约天宝十四年(755)、至德元年(756)在当涂县任县尉，与李白友善，后被免职，流迁炎方。李白有多篇诗文赠赵炎，如《当涂赵炎少府粉图山水歌》《送当涂赵少府赴长芦》《寄当涂赵少府炎》《春于姑孰送赵四流炎方序》等。

《其一》中诗人采用了比兴的手法，以兰草自喻，曲折委婉地表达了自己馨香高洁的品性、霜欺露打的遭际以及余芳不改的志节，也隐含着希望友人提携之意。全诗的大意是：兰花不当户生长，宁愿是闲庭幽草。旧日被霜摧露欺，曾经的红颜已未老先衰。一度错接在瑶华琼枝上，在君王的池塘边结根。看看自己没有讨人喜欢的馨香美，白白承受了清风吹沐。如果有余芳可佩于身，愿一起度过岁月。

《其一》全诗分为三层。第一层自"兰生不当户"至"红荣已先老"，共四句。这一层的意思是说，兰草生不当户，竟被人当作闲庭衰草，且为霜露所欺，终至花凋叶残。这四句明说兰草，实说诗人自己。李白在奉诏入京、供奉翰林之前虽"天才英丽"，有"济苍生、安社稷"之宏愿，然不被人所赏遇，有时反遭"众口攒毁"，竟至于连"故友""新交"对他都不能给予同情和矜悯，这是何等的落魄不幸！岂不正与霜欺露打的兰草命运相同！因此，这短短四句正是借兰草之不幸以寄寓诗人之不幸,形象地表达了诗人的怨愤之情。第二层自"谬接瑶华枝"至"叨沐清风吹",共四句。这一层则转写兰草幸接瑶华,根结瑶池,清风吹拂,终使兰草牙苗叶壮,由衰转荣。在这里,诗人哪里是在说兰草,岂不就是自己当年奉诏入宫的真实写照!李白追怀此事,字里行间情不自禁地流露出对能入宫而受重用的歆美之情。然而,令人遗憾的是诗人在朝中因权贵排斥,又不得不愤然辞京还山。第三层为《其一》的最后两句,写诗人虽怀才不遇,但仍以山中幽兰自命,并表达出"赠"意,向友人倾吐"余芳可佩""长相追随"的一片真情。

《其二》是诗人为助友人趋救急难而作。写诗人仍欲效法荆轲刺秦,持剑投赠,与友人同赴急难,表达了自己交友重义而轻利。全诗的大意是:袖中揣着赵国制造的匕首,是从徐夫人家买的。霜雪刀刃幽闭在玉匣中,经历了燕国又经历了秦国。谋划的事情没有着落,沦落在旅途的沙尘之中。想把这柄匕首送给你,让它与你同急共难。荆轲去后,壮士多被摧残。在易水边高声痛哭,易水也为我扬起滔天波澜。凿井就要深到泉水,扬帆就要助人渡河,我就希望能辅佐帝王。廉正的人重义,骏马不需要加鞭。人生贵在相知,何必谈什么金钱?

《其二》全诗大致分为三部分。第一部分自"袖中赵匕首"至"沦落归沙尘",共六句。这部分诗人运用了荆轲刺秦王的典故,叙述荆轲刺秦王"不捷"。第二部分自"持此愿投赠"至"张帆当济川",共八句,写如今面临友人急难当头,自己此行毕力救难并且志在必"捷"。为了向友人披露自己的磊落胸怀,表达自己的必胜信念,诗人的情感渐由舒缓转为激越。所谓"长号易水上,为我扬波澜",这是以想象之景烘托诗人的激越情怀,重在以"形"显神;"凿井当及泉,张帆当济川",这是以内心独白写诗人志在必"捷"的信念,重在写"心"。第三部分自"廉夫唯重义"至诗的结尾,共四句。以议论式的独白为主,兼带"情韵"以行,进一步抒写诗人重义轻利、贵在相知的超迈情怀。全诗以叙、议为主,在叙、议中抒情,寄寓情感。不仅再现了诗人仗剑任侠、扶危济困的"侠士"风度和必胜信念,也表达了诗人重义轻利、贵在相知的超迈情怀。

《其三》写自己平生仗义疏财,现在处境困难,表达了盼友求助之情。全诗大意是:轻慢时世,鄙视功业,并非是我胸无谋略。戏谑放荡看视万古贤人,以为那不过是儿童闹剧。从事产业多费心,我胸怀长策匡辅君主。

现在寒风凛冽，我没有住所，哪里去获得孙权赠送给周瑜的南宅呢？摆上当年所酿之新酒来驱风寒，霜雪染鬓两边雪白。蜀主刘备思念诸葛亮，晋家皇帝盼望谢安石，都希望有个能臣匡辅自己。现在的人列五鼎而食，谈笑间千金一掷。伏虎身上落满胡尘，游海滨听渔歌唱晚。苏秦穿着破烂的毛裘，妻子嫂子都感觉羞愧，冯谖将长剑托交亲人。夫子你秉承家义，群公也难以与你为邻。别用遥远处的西江水，空口许诺给快要渴死的东海溪臣。有朝一日我青云直上，会用黄金来回报主人的。

《其三》全诗可分为三部分。第一部分自诗的开头至"匡君怀长策"，共六句。写诗人在向友人求助时，先向友人表白个人不慕功名、不事产业、粪土王侯、谴浪古贤的"慢世"情怀，继而以"匡君怀长策"句自抒抱负。第二部分自"但苦山北寒"至"长剑托交亲"，共十二句，诗人连用周瑜、孔明、谢安、苏秦、冯谖四个典故，以释友人之"疑"、取友人之"信"、求友人之"助"，蕴含着诗人对君臣遇合、建功立业的某种企盼。第三部分自"夫子秉家义"至诗的末尾，共六句，点出求助的对象，赞扬友人重义的家风。李白一向认为"天生我材必有用"，然而人生道路的风风雨雨终使李白认识到，自己虽胸怀"匡君"长策，却不能为君所用，为世所容，一生有如飘蓬断梗，转徙流离，竟至鬓发斑白，穷困潦倒。此时的李白漫游江南，憩于姑孰，居于穷闾陋室，困顿至极。

《赠友人三首》写于诗人贫病交加之时，诗人虽沦落至向友人求助的境地，但在抒写知恩必报情志的同时，仍表达了积极用世的强烈要求和愿望。

献从叔当涂宰阳冰①

金镜霾六国②，亡新乱天经③。
焉知高光起④，自有羽翼生。
萧曹安岷岈⑤，耿贾摧欃枪⑥。
吾家有季父⑦，杰出圣代英。
虽无三台位⑧，不借四豪名⑨。
激昂风云气，终协龙虎精⑩。
弱冠燕赵来⑪，贤彦多逢迎⑫。
鲁连擅谈笑⑬，季布折公卿⑭。

遥知礼数绝⑮,常恐不合并⑯。

惕想结宵梦⑰,素心久已冥⑱。

顾惭青云器⑲,谬奉玉樽倾。

山阳五百年⑳,绿竹忽再荣。

高歌振林木㉑,大笑喧雷霆。

落笔洒篆文,崩云使人惊㉒。

吐辞又炳焕㉓,五色罗华星㉔。

秀句满江国,高才掞天庭㉕。

宰邑艰难时㉖,浮云空古城。

居人若薤草㉗,扫地无纤茎。

惠泽及飞走㉘,农夫尽归耕。

广汉水万里,长流玉琴声㉙。

雅颂播吴越㉚,还如太阶平㉛。

小子别金陵㉜,来时白下亭㉝。

群凤怜客鸟,差池相哀鸣㉞。

各拔五色毛,意重太山轻。

赠微所费广,斗水浇长鲸。

弹剑歌苦寒㉟,严风起前楹。

月衔天门晓,霜落牛渚清。

长叹即归路,临川空屏营㊱。

【注释】

①从叔:父亲的从父(伯父、叔父)兄弟,年幼于父者称从叔。此用以称李阳冰。阳冰:即李阳冰,字少温,赵郡人。乾元年间为缙云县(今属浙江)县令,上元年间迁当涂县令,官至将作少监。善词章,尤工小篆,自名一家,时人谓其篆书不减李斯。颜真卿书碑必得李阳冰题额,方称"联璧"之美。《宣和书谱》云:"有唐三百年以篆称者,唯阳冰独步。"

②金镜:比喻明察,引申为明道,即政治清明之道。霾(mái)六国:谓战国时被秦所灭之六国。霾,通"埋",埋没、亡没之意。

③新:这里是指王莽篡汉而立的国号。天经:天之常道。

④高光:指汉高祖刘邦及后汉光武帝刘秀。

⑤萧曹:指汉初二丞相萧何、曹参,二人曾辅助刘邦以得天下。垸阢(nièwù):不安的样子。

⑥耿贾:指东汉初战将耿弇、贾复,二人曾辅助刘秀夺取政权。欃(chán)枪:彗星的别称。古人视彗星为灾星,以为彗星出必有战乱。此用以喻王莽。

⑦季父:父之幼弟称"季父"。此用以称当涂县令李阳冰。

⑧三台:古以三公(太尉、司徒、司空)之位为三台,这里代指高官显爵。

⑨四豪:指战国时四公子,即齐之孟尝君、赵之平原君、魏之信陵君、楚之春申君。

⑩龙虎:《易·乾》:"云从龙,风从虎。"孔颖达《正义》:"龙是水蓄,云是水气,故龙吟则景云出,是云从龙也。虎是威猛之兽,风是震动之气,此亦是同类相感,故虎啸则谷风生,是风从虎也。"故上两句中"风云""龙虎"皆指李阳冰威猛有气概。

⑪弱冠:古时男子二十成人,初加冠,体尚未壮,故称"弱"。《礼记·曲礼》:"二十曰弱冠。"后沿称年少为弱冠。

⑫贤彦:指才德杰出之人。

⑬鲁连:即鲁仲连,战国时齐人,高蹈不仕,喜为人排难解纷。游于赵,适逢秦围赵都邯郸,鲁仲连谈笑自若,劝服魏将辛垣衍,破秦魏之盟,却秦军,解赵国。事见《史记·鲁仲连列传》。

⑭季布:汉初楚人,初为楚将,后为汉臣。

⑮礼数绝:指李阳冰与人结交不拘名位品第等礼数。南朝梁代任昉《出郡传舍哭范仆射》诗云:"平生礼数绝,式瞻在国桢。"李周翰注:"礼数绝,谓交道相得,虽品命有异,不为礼数。"礼数,旧时指礼仪的等级。

⑯"常恐"句:此处指诗人欲投靠李阳冰而又担心因地位悬殊不被接纳。合:应当,应该。并:并列。此指平等交往。

⑰惕想:因敬畏久思而致愁。惕,戒惧,敬畏。

⑱素心:本心。此指李白往日建功立业的壮心。冥:远,远离。

⑲青云器:喻高尚之材。

⑳"山阳"句:借用晋"竹林七贤"中的阮籍、阮咸叔侄同游之事,喻与从叔阳冰聚会的欢欣。山阳:汉县名,故址在今河南省修武县西北。五百年:阮籍、阮咸叔侄参与竹林之游在三国魏元帝景元年间,至唐肃宗、代宗朝约

五百年。

㉑"高歌"句:指歌声高亢嘹亮。《列子·汤问》:"抚节悲歌,声振林木,响遏行云。"

㉒崩云:喻李阳冰篆书之妙如云之动荡奔涌。

㉓炳焕:光明显耀。

㉔五色:五色云。此用以比喻阳冰词章之华美。

㉕掞(yàn):光照。

㉖"宰邑"句:指李阳冰出任当涂县令,时值安史之乱,时局艰难。

㉗"居人"句:指动乱中的当涂县人口骤减,如野草之被芟除。薙(tì)草:除草。薙,俗作"剃"。

㉘"惠泽"句:指李阳冰治当涂,施惠政,恩泽遍及百姓。惠泽:恩泽,德泽。飞走:飞禽走兽。

㉙"广汉水"二句:清人王琦注:"《诗·国风》:'汉之广矣,不可泳思。'称汉水曰广汉,本此,而非陇西之广汉郡也。当涂之江。与江水殊远,然汉水之下流,亦由当涂而过。诗意取子贱弹琴而单父治之意,谓玉琴之声,与长流万里汉水之声相应,盖亦倒装句法也。"这里是赞誉李阳冰以礼乐教化治当涂,使社会安定,百姓乐业。

㉚雅颂:《诗经》由"风""雅""颂"三部分构成。后以"雅颂"称盛世之乐。《汉书·董仲舒传》:"教化之情不得,雅颂之乐不成。"

㉛太阶平:又作泰阶平,喻天下太平。太阶,星名,又称三台星。

㉜小子:对长辈的自称。此为李白自谦之词。《史记·太史公自序》:"小子不敏,请悉论先人所次旧闻,弗敢阙。"

㉝白下亭:金陵(今江苏省南京市)古驿亭,有新、旧二处,各在金陵城东门外和城西。此指城西之亭。

㉞差(cī)池:不齐的样子。此指金陵诸友因同情李白遭遇,所赠各有等差。

㉟弹剑:同弹铗。此用战国冯谖弹剑长歌以达处境窘迫之情,并希望得到帮助。冯谖弹剑长歌,典出《战国策·齐策》,又见《史记·孟尝君传》。《史记》中"冯谖"作"冯驩",参见《赠友人三首》注。苦寒:即《苦寒行》,乐府《相和歌辞》曲名,其辞备言行役遇寒之苦。

㊱屏(bīng)营:惶恐不安的样子。汉魏以来,上皇帝表文,及报上司书

中戎末多用"不胜屏营"或"屏营之至",都是惶恐不安的意思。

【赏析】

这是李白献给时任当涂县令李阳冰的一首诗。

这首诗作于宝应元年(762)。此时,为时八年的安史之乱尚未结束,大唐王朝社会动荡,时局艰难。当诗人听到李光弼举兵百万,南下泗州的消息时,就愤然而起,匆匆就道,东下金陵,准备北上临淮,投笔请缨,为平叛事业尽自己最后一点菲薄之力。不料病于半道,"请缨"未果,后折返金陵。李白在金陵靠好友的帮助,病势稍有好转。然仅靠朋友的周济难以维持生计,在李白看来,只不过是"斗水浇长鲸"而已。恰在此时,李白获知李阳冰任当涂县令,遂告别金陵旧友,来到当涂,认李阳冰为从叔,并作《献从叔当涂宰阳冰》诗,希望能够得到李阳冰的帮助。李白在金陵穷困潦倒,无依无靠,初来当涂之时,李阳冰不知其意,直到看见《献从叔当涂宰阳冰》诗后,才把处于窘境的李白挽留下来。

全诗可分为两大部分。第一部分自诗的开头至"还如太阶平",主要是对李阳冰的"颂词",借"颂词"表达对李阳冰的敬仰之情。这一部分对李阳冰的"颂词"可分为三层。

第一层自诗的开头至"季布折公卿"止,共十六句,主要是对李阳冰英风豪气的赞美。这一层的大意是:显明的正道在海内已经昏暗,皇帝的废立已经不按天之常道。难道不知汉高祖和汉光武帝的崛起,是因为羽翼丰满的原因?萧何和曹参安稳了摇摇欲坠的国家,耿弇和贾复摧毁了社会上的邪恶势力。你是我们家族的项梁季父,杰出的圣代英豪。现在虽无三台宰相高位,也不借取四豪孟尝君、平原君、信陵君、春申君的名义。激昂的精神风生云起,犹如龙虎神采奕奕。你二十来岁从燕赵来,德才俱佳的贤人对你逢迎有加。你像鲁仲连善于谈笑,就像季布征服众多公卿。在这一层中,诗人先将镜头推向遥远的历史,推向秦汉时代,称颂萧何、曹参辅高祖刘邦以定汉室天下,赞扬耿弇、贾复辅光武帝刘秀以平王莽之乱。萧何、曹参、耿弇、贾复,历史上的这些文臣武将,堪称一代精英。诗人以这些历史雄杰作铺垫,然后推出"季父"李阳冰的镜头,衬出李阳冰"杰出圣代英"的风范。诗人运用铺垫手法,称颂阳冰地位虽无"三台"之显,声名虽无"四豪"之响,但也是"圣代"人杰,如云龙风虎,气概不凡。接着诗人在赞扬李阳冰年轻时即已受到时彦乡贤们的器重赏识之后,又以鲁仲连、季布这两个历史人物作比譬,进一步称扬李阳冰的英风豪气和济世才干。鲁仲连和季布可谓是李白心目中的历史英雄。尤其是诗人对鲁仲连这位战国时游士的倾慕,更是到了"崇拜的程度"。李白将自己最崇拜的历史人物拿来比譬李阳冰,足可见出李阳冰也是一位"长才犹可倚,不惭世上雄"的当世俊杰。

第二层从"遥知礼数绝"至"高才揽天庭",共十六句,主要是对李阳冰洒脱情怀和风流文采的赞美。这一层的大意是:我知道现在很多人不讲究礼节了,常恐与他们不合群。梦里常有忧思,纯洁的心地也已经受到损伤。面对你这个青云人物,心有惭愧,又喝了你那么多美酒,真不好意思。五百年前的山阳嵇康、向秀等尝居此为竹林之游,如今山阳的绿竹又再次繁盛。高歌振动林木,笑声喧喧犹如雷霆。你挥笔泼洒古篆文,好像云崩天裂使人吃惊。你吐辞鲜明华丽,宛如五色的罗华星。你的秀丽诗句传遍江南,华丽的辞藻,高妙的文才,天庭尽知。李白一生追求建功立业,常以当世之雄自居,因此"不屈己,不干人",平交王侯,不拘礼数,傲视权贵,不肯折腰。忆想往昔,虽然也曾身登云梯,走马玉京,供奉翰林,然终被视为"非廊庙之器"的"弄臣"而被逐出宫门。尤其是晚年的李白,又因永王事件而身陷危难,被判"流"刑,放于夜郎,虽中道赦还,但毕竟"清誉"已毁。此时来"求靠"李阳冰,尽管李白深知此人交朋结友亦不拘礼数,然而对于自己这样一个有"历史问题"的人,李阳冰能否接纳,李白尚不得而知,因此难免"惕想结宵梦"。处境颠沛,人世苍凉不能不令诗人敏感的心灵感受到一定程度的社会压迫,进而愁肠百结,顾虑重重。所以诗人向李阳冰言及自己供奉翰林的"光辉历史"时,也不得不反复使用"顾惭""谬奉"之类的自谦之词,以达难言之隐。随后诗人便用五百年前阮籍、阮咸叔侄竹林之游的典故作为过渡,又接续上文"颂词",称颂阳冰"高歌""大笑"的爽旷个性。并以"落笔洒篆文,崩云使人惊"两句,赞其篆书笔法妙绝天下,笔力厚重,笔势飞动,大有崩云之势。再以"吐辞又炳焕,五色罗华星。秀句满江国,高才揽天庭"四句,赞其诗文辞采炳焕,有如灿星秀云,华章秀句,流播江国众口;赞其高才盖世,罕有其匹,其文采风流可谓光照天庭。

第三层自"宰邑艰难时"至"还如太阶平",共十句,这一层主要赞美李阳冰的治民政绩和儒雅声望。这一层的大意是:在这艰难时刻当一县之长，城内空空如也。居民如锄过的草，没有几个，遍地而扫，也找不到几个恩。你来以后，恩惠遍及所有的生灵，农夫也全部回来耕种。万里长江水，流淌着你的玉琴声。高雅的颂乐传播吴越，高昂的乐声直冲天空的星辰而去。李阳冰原为缙云县令，约于上元年间迁当涂县令。时值安史之乱后期，当涂县由于动乱劫难，已变得人烟萧条，十室九空，田园荒废。"居人若薙草，扫地无纤茎"两句，恰是这种满目凋残景象的真实写照。李阳冰受任于国步方蹇之际，下车伊始，便吊死问生，遍施惠政，泽润生民。由于他治理有方，政简刑轻，当涂县又很快恢复生机，农夫归耕，士民乐业，呈现出一派欣欣向荣的景象。在诗人笔下，李阳冰治理当涂，犹如春秋末期的宓子贱治理单父，身不下堂，鸣琴而治。玉琴之声，与长流万里的汉水、江水之声相应和，合奏出"雅颂"之音、盛世之乐。

诗歌的第二部分，从"小子别金陵"至诗的结尾，共十四句。这部分主要写诗人向李阳冰叙说自己面临的困境。这一部分的大意是：小子我离别了金陵，来的时候大家在白下亭送我。就像群凤怜客鸟一样，熟人们为我哀鸣抱不平。每个人都赞助了我一点小钱，钱不多而意重泰山轻。但是钱真不多，花费又太大，如同舀一斗水去浇长鲸，不够啊。弹着宝剑高歌苦寒曲，寒风起于堂屋前的柱子间，呼呼地响。天快亮了，月亮衔在东方七宿角宿中的室女座之间，秋霜落满牛渚，水静泉明。长叹一声，回家吧！面临长江我彷徨不决。诗人叙说困境的目的，当然是在于求取李阳冰的同情和帮助。当时的李白，出于济世报国的理想，不顾年高老迈，居然还要"请缨"出征，结果却病返金陵，落到了贫病交加的境地。虽靠金陵旧友的资助，病情略有好转，但毕竟是"斗水浇长鲸"，故来投靠李阳冰。李白在陈述自己的窘迫困境时，也称扬金陵旧友"意重太山轻"的"义举"，也曾像过去自比大鹏一样，如今依然壮心不老，自比为"长鲸"，而且，如果不是给"长鲸"以"斗水"，而是给它一个"大海"，它依然自信能够劈波斩浪，遨游沧溟。从外表看，诗人的这些潜台词不能不算"豪放"，然而，在这"豪放"的外表下，已经无法掩饰现实困厄给他所带来的无所依归的焦虑和不安的心理阴影。诗人对金陵旧友所"赠"之"微"的感慨，对世态炎凉的深层体验，对社会人生实况的清醒感悟，以及诗人长期受压抑的怨愤之情，在诗的尾声"弹剑歌苦寒，严风起前楹。月衔天门晓，霜落牛渚清。长叹即归路，临川空屏营"中，得到更进一步的强化。诗的结尾以景传情，情景相生，更显婉曲深致，余韵悠长。

全诗由"颂词""陈词"组成。诗的前部分赞颂李阳冰事迹,刻画李阳冰形象,不仅能抓住其人其事的特征,切合其人、切合其事,情真意挚,突出了李阳冰的英风豪气、儒雅风流、治世政绩和杰出才华,使人物形象极富立体感,而且字里行间流露出诗人李白与李阳冰思想感情上的诸多共鸣,诗人对李阳冰的倾慕、景仰之情词真意切,溢于言表。诗的后部分是向李阳冰叙说困境的"陈词",诗人借"颂词""陈词"以表达"求靠"之意。其中,在向李阳冰"陈词"时,诗人有感于世态炎凉,唯恐自己身处困境而不被李阳冰接纳,但李阳冰看完本诗后,方知诗人投靠之意,还是热情地接待了他,使诗人晚年终于有一个栖息之所。此后,李阳冰在"临当挂冠"之际,还不负李白"枕上受简"的临危重托,将其手稿加以整理,为其编集作序,从而在中国文学史上留下了一段文人相重、惺惺相惜的佳话。

酬殷佐明见赠五云裘歌①

我吟谢朓诗上语②,朔风飒飒吹飞雨。

谢朓已没青山空③,后来继之有殷公。

粉图珍裘五云色,晔如晴天散彩虹④。

文章彪炳光陆离⑤,应是素娥玉女之所为⑥。

轻如松花落金粉,浓似锦苔含碧滋⑦。

远山积翠横海岛,残霞飞丹映江草。

凝毫采掇花露容,几年功成夺天造。

故人赠我我不违⑧,著令山水含清晖⑨。

顿惊谢康乐⑩,诗兴生我衣。

襟前林壑敛暝色,袖上云霞收夕霏⑪。

群仙长叹惊此物,千崖万岭相萦郁⑫。

身骑白鹿行飘摇,手翳紫芝笑披拂⑬。

相如不足夸鹔鹴⑭,王恭鹤氅安可方⑮?

瑶台雪花数千点⑯,片片吹落春风香。

为君持此凌苍苍⑰,上朝三十六玉皇⑱。

下窥夫子不可及⑲,矫手相思空断肠⑳。

【注释】

①殷佐明：陈郡长平（今河南淮阳）人，为颜真卿从表兄弟，大历年间（766—779）曾经与颜真卿、皎然、刘全白等人在湖州（今属浙江）游山联句。殷佐明年轻时为"正字"，并参与修撰《韵海镜源》，后为仓部郎中。五云裘：裘衣五色，绚烂如云，故称"五云裘"。

②谢朓：字玄晖，陈郡阳夏（今河南太康）人。南齐著名诗人，以文辞清丽著称，世称"小谢"，以别"大谢"灵运。南齐明帝建武二年至建武三年（495—496）任宣城太守时曾来当涂青山筑室，以作别居。建武四年（497）迁南东海郡太守，行南徐州事。不久还都，任尚书吏部郎。永元二年（499）被萧遥光、刘暄、徐孝嗣等人诬陷，下狱死，时年36岁。明人辑有《谢宣城集》传世。诗上语：指谢朓《观朝雨》诗句"朔风吹飞雨，萧条江上来。"

③青山：位于当涂城东南7.5公里处，山势险峻，四季常青，又名青林山。诗人谢朓曾筑室于山南。唐天宝十二年（753）敕改为谢公山，后人又称谢家山、谢家青山。

④晔（yè）：光辉灿烂。

⑤文章：花纹、色彩。此指五云裘错综华美，色彩徇烂。彪炳：光华璀璨。陆离：美好的样子。

⑥素娥：嫦娥。玉女：神女。

⑦碧滋：草色青翠而滋繁。

⑧违：拒绝。

⑨著：穿着。

⑩谢康乐：即谢灵运，陈郡阳夏（今河南太康）人，南朝刘宋著名诗人，东晋名将谢玄之孙，袭封康乐公，故称谢康乐。好山水，喜遨游，为永嘉（今浙江温州）太守期间，曾遍历永嘉诸县，多有题咏。谢灵运诗清丽灵脱，开文学史上山水诗一派。明人辑有《谢康乐集》。

⑪"襟前"二句：谢灵运《石壁精舍还湖中作》诗云"昏旦变气候，山水含清晖。……林壑敛暝色，云霞收夕霏。"这两句言裘上所画山水皆具此诗意。霏：云霞弥漫的样子。

⑫萦（yíng）郁：盘旋回绕。

⑬"身骑"二句：曹植《飞龙篇》云："忽逢二童，颜色鲜好。乘彼白鹿，手

翳芝草。"翳(yì)：隐，遮，掩。披拂：吹拂，飘动。

⑭相如：即司马相如，字长卿，成都人，西汉著名文学家。曾通使临邛，遇卓文君寡居，相如以琴心挑之，文君夜奔相如，同归成都。据《西京杂记》记载，司马相如携文君归成都后，家贫，无钱沽酒，相如遂以所着之鹔鹴(sùshuāng)裘向市人杨昌贳(shì)赊酒，与文君同饮为欢。鹔鹴：又称鹔，水鸟名，长颈绿身，形似雁，其羽毛可制为裘以御寒。

⑮王恭：字恭伯，东晋太原人，晋武帝皇后兄，曾任秘书丞、丹杨尹、中书令。为人简率抗直。据《世说新语·企羡》记载，孝武帝令王恭都督兖、青、冀、幽、并、徐诸州军事，镇京口(今江苏镇江)。时安丘(今属山东)人孟昶未达，亦居京口，尝见王恭在微雪飘飞中，乘坐高大车舆，身披鹤氅裘衣，远远看去，"此真神仙中人"！方：比方，比拟。

⑯瑶台：神话中为神仙所居之地。

⑰凌苍苍：飞越高天。凌，升高，登。苍苍，指天。

⑱三十六玉皇：道教称仙界有三十六天上帝，东、南、西、北方各有八天上帝，另有中央四帝。其中玉皇上帝居中央昊天金阙，简称玉帝、玉皇。

⑲夫子：此指殷佐明。

⑳矫(jiǎo)手：即举手。矫，通"挢"，高举之意。

【赏析】

这是李白于天宝十三年(754)写给老朋友殷佐明的一首酬赠诗，属歌行体。

此时李白已经50多岁了，与殷佐明过去有交往，有诗中"故人赠我我不违"为证。在此诗写作之前，殷佐明因事过当涂，遂拜谒李白，并赠送五云裘一件。李白十分感激，于是写了这首应酬的诗，以赠殷佐明。

全诗大致分为四部分。

第一部分自诗的开头至"后来继之有殷公"，共四句，主要是借谢朓赞扬殷佐明。这部分大意是：我喜欢吟诵谢朓的诗文，喜欢他诗歌中那句"朔风吹飞雨，萧条江上来"所描述的感觉。谢朓已经成为历史，当涂的大青山也变得如此空虚，万幸的是殷公你不愧为后有来者。诗人并未从酬赠对象写起，而是先从诗人一向崇拜的南齐诗人谢朓落笔。李白论诗，目无往古，唯有对谢朓情有独钟，所以在他的诗篇里称许谢朓，总共十余处。李白之所以"一生低首谢宣城(指谢朓)",主要是因为谢朓的许多山水诗写得清丽疏隽,高秀绝尘,天然圆熟。李白将谢朓引为异代知己,对于谢朓的许多山水名篇佳句曾经吟诵不绝于口。所谓"我吟谢朓诗上语,朔风飒飒吹飞雨",即暗用谢朓诗意而不露痕迹,且以大自然的风雨暗喻谢朓诗语浑然天成,而非娇揉雕饰。然而,"人事有代谢,往来成古今",谢朓已经成为古人。李白抚今追昔,感慨系之,竟认为眼前这位以五云裘相赠的年轻后生殷佐明,仿佛就是谢朓的化身。所谓"后来继之有殷公"一句,即是以殷公比谢朓,以古人拟今人,对殷佐明的文采风流极尽推许夸赞。

第二部分自"粉图珍裘五云色"至"几年功成夺天造",共十句,由赞殷公转到赞殷公所赠之五云裘。这部分大意是:你送我珍贵的裘毛衣,上面绣满五色云彩和白色图案,就好像雨过晴天中绚丽的彩虹,光彩照人,衣上绣的图案纹路错综斑斓,色彩绚烂,一定是那位神仙般的少女绣成的。衣裳轻如松花上的金粉,仿佛风一吹就会漫天飘扬;绿色色彩浓烈,如同吃足了雨水的青苔,滋润无比。又如同远处青翠的海岛,又仿佛是红色的飞霞映衬江边的青草。上面描画着满满的含露花蕊,娇艳无比,一定花费了几年工夫才绣出如此巧夺天工之物。在诗人笔下,五云裘色彩错综,浓淡相宜,质地轻软,光华璀璨,尤其是裘衣上所绘制的图案更是巧夺天工,精美绝伦。画面上,远山积翠,海岛纵横,残霞流丹,江草生辉,虽是画师积数年之功"凝毫"挥洒而成,却有如天造地设,自然天成。李白如此描绘五云裘和裘衣图案,再现了五云裘巧不可阶的形象,突现了它的珍贵价值。

第三部分自"故人赠我我不违"至"片片吹落春风香",共十四句。这部分诗人由赞美五云裘之美转而抒写试着穿裘衣的感受。这部分大意是:老朋友殷公你把这珍贵的裘衣送给我,我也不跟你客气,穿你的裘衣,让别人看去吧!我穿上它,一定可以让山山水水顿时散发出青辉。谢康乐看到我这裘衣,肯定以为是哪里的奇山异水而顿时诗兴大发。衣襟前面绣满了暝色沉沉的森林深壑,衣袖上绣着与夕阳共辉的飞霞,就是神仙们看了也会惊叹连天。高耸的险峰千万座,座座绿色苍莽。我穿上它骑上白鹿就出发,飘摇如仙云中行,手握紫色的灵芝,隐隐约约,笑声随风飘飘。司马相如的鹔鹴羽衣不足夸耀,王恭的鹤毛氅披更不足为敌。五云裘上素花点点千千万,犹如王母瑶池飘来的雪花,更奇异的是片片都带着香气,把春风都熏个透。诗人试穿着"故人"所赠五云裘衣,顿感精神为之一振,自我形象为之一新，似乎已超脱了阴郁污浊的现实世界，而飘飞于谢灵运所创造的"山水含清晖"的澄明高远境界。生活在南朝刘宋之际的谢灵运是我国山水诗的鼻祖，其山水诗雄奇瑰丽，风华流转，颇多佳句，亦常令李白为之倾倒。因此，李白在抒写试穿五云裘的感受中，竟跨越时空，与古人思接视通，以"襟前林壑敛暝色，袖上云霞收夕霏"两句，将谢灵运诗句径取入诗，并用这两句诗激活自己勃发的诗兴，引出超尘绝俗的幻想之景，诗人的精神完全在幻想中遨游驰骋。在诗人的幻想中，我们看到：瑶台仙境，千崖盘曲，万岭相接；诗人身着珍裘，跨乘白鹿，手握仙草，御风高举，飘然飞升。诗人幻想中的"自我"之所以能飘然飞升，无疑是借助了五云裘的"神力"。因此，为了极尽形容五云裘的风采神韵，诗人竟以"群仙长叹惊此物"和"相如不足夸鹔鹴，王恭鹤氅安可方"等诗句，进一步烘托五云裘的珍奇华贵，盛赞五云裘既为人间所难觅，又非仙界所能有。诗中既表现了一种追求个性自由的诗人形象，也展现了一种雄奇高远的意境。

第四部分是诗的最后四句。这部分主要写诗人对赠裘之人殷佐明的感念之情。这部分大意是：我将代表你穿上它去九天遨游，我也将代表你去朝见三十六位神仙。我还代表你在天上俯瞰你，可是拉不到你的手，无法把你拉上天，但是，我已经代表你上天了。你在地上朝我挥手，以挥手的姿势跟我告别，永远的相思一定让你愁肠寸断。诗人深爱殷佐明所赠的五云裘，正幻想着此裘衣，飞越苍穹，到玉皇大帝面前"为君"夸赞一番，但转念一想，一旦飘然出世，飞升仙境，恐怕此后再也看不到"夫子"，再也不能与殷公你相聚了。因此，真的挥手告别，只能是相思不已，令人忧伤断肠！结尾短短数语，极细致地表达了诗人欲别不忍，欲超脱人世又眷恋人间的微妙复杂的心理状态。并且在这种复杂、矛盾心态的展示中，透露出对"故人"殷佐明的一份真挚情感。

整首诗诗人从古人写到今人，从谢朓写到殷公，从殷公写到珍裘，又从人间珍裘写到天上瑶台，最后从天上瑶台再回转到人间友情，可谓诗思跌宕，随兴挥洒，峰断云连，回环错综。丰富的想象，瑰玮飘逸的形象，让全诗又增添了浓厚的浪漫主义色彩。

陪族叔当涂宰游化城寺升公清风亭[①]

化城若化出[②]，金榜天宫开[③]。

疑是海上云，飞空结楼台。

升公湖上秀，粲然有辩才。

济人不利己，立俗无嫌猜[④]。

了见水中月[⑤]，青莲出尘埃[⑥]。

闲居清风亭，左右清风来。

当暑阴广殿，太阳为徘徊。

茗酌待幽客，珍盘荐雕梅[⑦]。

飞文何洒落，万象为之摧。

季父拥鸣琴[⑧]，德声布云雷[⑨]。

虽游道林室[⑩]，亦举陶潜杯[⑪]。

清乐动诸天[⑫]，长松自吟哀。

留欢若可尽，劫石乃成灰[⑬]。

【注释】

①当涂宰：此指当涂县令李明化。宰，县令。李明化，陇西人，天宝后期任当涂县令。李白另有《夏日陪司马武公与群贤宴姑孰亭序》一文称："今宰陇西李公明化，开物成务，又横其梁而阁之。"本诗所称"当涂宰"与序文中"李公明化"同为一人。一诗一序亦当为同年之作。化城寺：在当涂县城内向化桥西礼贤坊，三国吴大帝赤乌年间，由康里国僧建造，基址甚广。南朝刘宋孝武帝南巡时曾在此居住，增置二十八院。唐天宝年间，寺僧清升又主持扩建。宋景德年间改名万寿寺，建炎中毁于兵燹。升公：即清升，唐天宝年间当涂化城寺住持，与《化城寺大钟铭》中之"寺主升朝"当为一人。清风亭：唐天宝年间当涂化城寺住持清升所建，位于寺旁西湖上。北宋熙宁年间化城寺僧道新重修。南宋建炎中，亭与化城寺同时毁于兵燹。明正统五年（1440）工部右侍郎周忱在采石镇重建清风亭，清咸丰年间毁于兵火。1987年，在马鞍山市采石李白纪念馆内重建。

②化城：佛法化出之城。佛教认为一切众生成佛之所为"宝所"，然欲到达"宝所"实为不易，道途悠远险恶。恐众生前行疲倦退却，故于途中变

作一城郭,使之止息,于此处蓄养精力,以便最终到达"宝所"而成佛。"化城"寺名,即取此义。

③金榜:指黄金镶制的匾额。

④嫌猜:疑忌。

⑤"了见"句:赞升公为聪慧之人,观世事人心皆空明澄净,有如水中月影。《维摩诘经》:"菩萨观众生,如智者见水中月。"

⑥"青莲"句:赞升公为人清静高洁,不染纤尘,有如青莲花。青莲花,出西天竺,为梵语"优钵罗花"的义译。

⑦荐:聚,集。这里是指盛满的意思。

⑧季父:父之幼弟称"季父"。此用以称当涂县令李明化。鸣琴:指政绩。此用宓子贱治单父的典故,称颂李明化任当涂县令有惠政。《吕氏春秋·察贤》:"宓子贱治单父,弹鸣琴,身不下堂而单父治。"

⑨德声:指美好的道德声誉。

⑩道林:即晋名僧支遁,字道林,本姓关氏,曾隐居余杭山。

⑪陶潜:字元亮,一名渊明,晋浔阳人,大司马陶侃曾孙,曾为彭泽县令,因不能"为五斗米折腰",遂弃官归隐。善为诗,且嗜酒善饮。故此以"陶潜杯"称颂李明化亦善以诗酒自娱。

⑫诸天:佛教称三界(欲界、色界、无色界)共有三十二天,总称为诸天。

⑬"劫石"句:《搜神记》卷十三:"汉武帝凿昆明池,极深,悉是灰墨,无复土。举朝不解,以问东方朔。朔曰:'臣愚,不足以知之,可试问西域人。'帝以朔不知,难以移问。至后汉明帝时,西域道人来洛阳,时有忆方朔言者,乃试以武帝时灰墨问之。道人云:'经云:天地大劫将尽,则劫烧,此劫烧之余也。'"

【赏析】

这首诗是李白于天宝十四年(755)仲夏,游当涂而作。

诗人李白驻足当涂,时值陇西人李明化任当涂县令。李白与李明化本非同宗叔侄关系,然唐代习俗喜联宗攀附,互为倚重,李白生在"此风大盛"之时,当然不能免俗,故认李明化为族叔,以期有所凭依。当涂为李白晚年往来憩息之地,而李明化出任当涂县令,却是下车伊始,可能还不大了解当地的风土民情,所以李白便以主人的身份陪新任县令出游。这次游览的对象是化城寺。化城寺为当涂城内一座古老的寺庙,由东吴赤乌年间至唐天宝年间,历时五百余年,几经修葺,基址甚广。天宝十四年(755)前,化城寺住持清升(即升公、升朝)于寺内增建舍利塔、大成坛,并于寺旁西湖上建清风亭一座,使化城寺的规制更为宏丽可观。这样的建筑也许是当时城内最大的建筑。这里环境清幽宜人,加之化城寺住持清升"英骨秀气",能诗善文,既为名僧,又不失雅士风范,平素颇得李白敬重,因此,李白选中化城寺,陪新任县令一游。

全诗大致分为五层。

第一层自诗的开头至"飞空结楼台",共四句,主要写化城寺危楼高耸的壮观奇景。这一层的大意是:化城寺像是佛法化成,金榜高悬有如天宫顿开。我怀疑它是海上的云气,飞至空中结成了楼台。诗人从化城寺起笔,写化城寺有如幻化而出的城郭。诗篇中的化城寺金匾高悬,俨若天上宫阙;飞檐凌空,楼台攒刺云霄。开篇短短四句写尽了化城寺危楼高耸的壮观奇景。

第二层自"升公湖上秀"至"青莲出尘埃",共六句。这一层诗人由景及人,由化城寺写到住持升公,并盛赞其为人。大意是:这湖上惟升公独秀,粲然微笑具有善辩之才。一心助人而不利己,立身俗世却没有疑忌的心怀。清净如水中之月,又如洁净的青莲不染尘埃。在诗人眼中,升公闲心古容,世事洞明,虚怀忘情,纤尘不染。

第三层自"闲居清风亭"至"万象为之摧",共八句。诗人主要扣住题中的"清风亭",进而描绘这位名僧贤老的生活环境及其谦柔好客的个性和飞文洒落的文采。这层大意是:闲散之人独居于清风亭中,左右清风为之徐徐吹来。暑热之时又居于宽大的化城寺殿中,灼热的太阳只能在殿外徘徊。今天你煮茗酌酒款待幽客,珍贵的盘子上盛满了雕梅。你行文如飞何其洒落,自然界的万物都可被你的文思驱来。此八句,极写盛夏酷暑季节化城寺内、清风亭边的幽静清凉的环境。环境清幽,自然是方外本色。然而读者读到这样的诗句,所感受到的不仅仅是"方外本色",透过"闲居"二字,读者似乎还看到了卧于清风亭内、尽享清风送凉之乐的升公形象,而且这一形象衬以清幽的环境,更显高洁绝尘。升公"闲居"清风亭的感受,也许与当年陶渊明卧于北窗之下的感受相同。不过,诗人这里写升公"闲居清风亭"的惬意感受,以及他煮茗酌酒、列盘荐梅以待"幽客"的情景,不只是为了反映升公豁达爽旷的个性和恬淡清静的心境,其中多少表明了诗人自己在屡遭打击之后,对隐逸生活和闲适情趣的一种向往和追求。因此,字里行间无不流露出一种欣美崇慕之情。"飞文何洒落,万象为之摧"句则是对升公文采的直接赞美。

第四层自"季父拥鸣琴"至"亦举陶潜杯",共四句,主要赞美李明化的政绩、雅志、俊迈而直率的风度。这一层的大意是:族叔弹鸣琴而当涂治,德政之声响如云天之雷。虽然时时寄迹于佛门,也仍像陶渊明一样饮酒举杯。这一层诗人由赞升公转赞"季父"李明化,与题中"陪族叔当涂宰游"相照应。用宓子贱的典故,意在赞颂当涂县令李明化亦能施惠政于民,故而"德声"颇著;用"亦举陶潜怀",赞美其纵逸的情怀和高洁的志趣。诗人用极简括的手法刻画李明化的"为政""为人",在读者面前展现出了一个高度个性化的地方官员的艺术形象。

第五层自"清乐动诸天"至结尾,共四句,主要写游寺饮酒之乐,转写分手在即的感伤。这一层的大意是:古制的清商之曲传于诸天,长松在风中的声音却是怨哀。留下的欢乐若可止尽,磐石在劫难中也就变成了尘埃。最后四句,承上文写这次聚会之后,也许诗人李白又将离开当涂远游。因此,在尽享与"季父"和升公聚会畅游之乐的同时,一旦想到分手后的飘荡无依,诗人便感到耳畔的"清乐"霎时变得凄婉哀伤起来。"长松自吟哀"恰是这种心境的真实写照。"留欢若可尽,劫石乃成灰"句反用"劫石成灰"典,感慨世间聚散无常,"欢"难"尽留"。以此作结,点尽了诗人的踽踽凉凉之感。

见野草中有名白头翁者

醉入田家去,行歌荒野中。
如何青草里,亦有白头翁①?
折取对明镜,宛将衰鬓同。
微芳似相消②,留恨向东风。

【注释】

①白头翁:植物名,毛茛科,多年生草本。早春开花,花单生花茎顶端,

暗紫色,外披白毛。分布于安徽及东北、华北、川、陕等地。根入药,主治下痢等症。

②诮(qiào):责备。

【赏析】

这是李白于宝应二年(763)写于当涂的一首诗。

代宗宝应元年(762)十月底或十一月初,62岁的李白抱病来到当涂。随后,一直在当涂养病,第二年早春,李白身体略见好转,且有子女在身边相伴,但心情抑郁沉闷。此时李阳冰早已卸任离开当涂,李白在当涂无所依靠,处于"天涯失归路"的彷徨孤独之中。在此期间,李白相继写下了《见野草中有名白头翁者》等多首诗歌。白头翁是当涂地区常见的一种鸟,头上长有白毛,多活动于当地丘陵或平原的树木灌丛中。白头翁草因所开之花犹如白头翁鸟头上那簇白毛,而得名。

这是李白的一首五言诗,全诗共八句。诗的大意是:"我"乘酒兴向田家走去,在荒野之中边走边吟唱歌诗。不料在一片春草之中,见到一种名为"白头翁"的草。"我"不再去访问田父野老了,而是折取了白头翁草,自归家中对镜而照,原来这草莽之白头,一如自己的白头。"我"觉得它散发的微弱芳香是在责备"我"的平庸,讥诮"我"的无能。

李白诗歌,专题吟咏草木的并不很多,这首诗是诗人暮年的老成之作,既无咏海石榴中"愿为东南枝,低举拂罗衣。无由一攀折,引领望金扉"的痴想,亦无"三春三月忆三巴"的乡思,它只是借白头翁草而言情,托白头翁草而言自己无穷的"留恨"。

试想:一个早春时节,苍颜白发、颓然垂老的诗人李白,乘酒兴向田家走去,在荒野之中边走边吟唱歌诗。此时的李白,既不是金銮殿上的词客,也不是醉乡中的仙人,而是夜郎赦归的布衣,贫困潦倒的平民。他想"醉入田家去",自己也似觉迷茫,大约只是漫无目的地想消愁散闷而已。不料在一片春草之中,却见到一种名为"白头翁"的草。本是早春之际,正当江南草长莺飞之时,这种"白头翁"草居然长出有如白发的绒毛,显出"衰老"之象。这原是草木的天性,而诗人却感慨系之!李白的《秋浦歌》早就浩叹于"白发三千丈,缘愁似个长",现在见到草中白头翁,如何能不想到自己呢?诗人也许想,自己少壮之时已被朝廷弃置,衰朽之年又当何求呢?于是诗人也就不再去访问田父野老了，而是折取了白头翁草，自归家中对镜而照，原来这草莽之白头，一如自己的白头，并似乎还觉得这草在责备、讥诮自己。

这首诗借一株小草言尽无穷心思，"微芳"的小草就可小觑文华如焰的大诗人，难怪诗人深感遗憾。我们仿佛可以见到满头白发的李白在春风中摇头叹息，这真正是封建王朝对一代文宗的无情摧折。

江上秋怀

餐霞卧旧壑①，散发谢远游②。
山蝉号枯桑，始复知天秋。
朔雁别海裔③，越燕辞江楼。
飒飒风卷沙，茫茫雾萦洲。
黄云结暮色，白水扬寒流。
恻怆心自悲，潺湲泪难收④。
蘅兰方萧瑟⑤，长叹令人愁。

【注释】

①霞：道家的一种修炼术。说可以不吃五谷菜蔬，只需吃云霞。

②谢：辞去，拒绝。

③裔(yì)：边远的地方。

④潺湲(chányuán)：形容水流缓慢的样子。

⑤蘅(héng)兰：水生植物，叶圆如马蹄，有一缺，名水葵，又名马蹄草，花黄白，种子紫色。据《太平府志》载，蘅兰"在姑孰为特产"。

【赏析】

这是李白于宝应二年(763)写于当涂的一首悲秋诗。

李白自25岁第一次到当涂开始，直至63岁终老当涂，38年间曾先后7次来过当涂。这首诗作于诗人来当涂养病的第二年秋。

这是一首很好的秋思之作，表现了诗人在远游归家的途中，见到江上一派深秋的景象，而产生的悲秋情绪。全诗的大意是：我这不合世的餐霞之人卧于旧壑,因病在床乱发纷披再也不能远足行游。听到山蝉在枯桑上哀叫,才知又到了秋天。此时北方的鸿雁应是离开了海滨,南方的紫燕也该辞别了江楼。萧萧秋风卷起了尘沙,茫茫云雾萦绕着江洲。天边黄云结成了暮霭,河中的白水扬起了寒流。我如此潦倒心中凄怆悲伤,泪流不止。蕙兰君子正在凋残,只令人以长叹表露哀愁。

全诗大致分为三个层次,"餐霞卧旧壑,散发谢远游"两句为第一层。这一层的大意是:远游归来,回到故山,散发卧壑吞食霞气。山里寒蝉在枯桑枝上号叫,这才知道已经是秋天了。李白在当涂多年,竟至于终老此地。大体说来,他在当涂的岁月,是失意的时日。诗歌开头两句言"餐霞卧旧壑,散发谢远游",所谓"餐霞",亦即"辟谷",这本是道家修炼术,而李白思想中受道家的影响是颇为深远的。当然,实际上的"餐霞",是不可能做到的,因此,我们可以理解为李白想远离尘嚣,不问世事,独自讲究身心的修炼。言"旧壑",表明这地方自己已经住久了,是能够忍耐溪壑之间的寂寞的。"散发"在古代本是一种放纵不羁的举动,李白诗中说过:"人生在世不称意,明朝散发弄扁舟",可见,"散发"乃是在"不称意"时的一种发泄。但这里李白的"散发谢远游",实是因病在床乱发纷披再也不能远足行游的无奈。

第二层自"山蝉号枯桑"至"白水扬寒流",共八句,主要写江上之秋。这一层的大意是:北方的大雁告别了海滨,南方的燕子辞别了江楼,各自回到自己的家乡。飒飒秋风卷起沙瀑,苍苍茫茫的沙雾笼罩江洲。黄云漫天,暮色苍莽,江中白水扬起寒流。这一层的前四句写了三种动物,蝉、雁、燕。"山蝉号枯桑",所谓"枯桑",是秋风落叶之桑,在枯桑之间只有山蝉在哀号,是十分凄切的。"朔雁"是北来的大雁,秋风长吹,北雁南飞,千里迢迢从遥远的海隅长辞远行。"越燕"是越地的紫燕,它们要告别曾安家育子的朱楼而去。三种动物两种境界。山蝉不离枯桑,而朔雁、越燕各自远行。大约山蝉就是诗人自己的象征,虽然山蝉也有双翼,但无从与雁翱、燕翩齐飞。后四句写风、雾、云、水。风是卷沙扬尘的飒飒秋风,雾是萦洲绕渚的秋雾,云是秋日暮色中的黄云,水是寒流扬波的秋水,一派迷茫,满目萧瑟,暮色重重,寒气凛凛。此情此景,会引发诗人怎样的感慨呢?

第三层是诗的最后两句,诗人写道:"恻怆心自悲,潺湲泪难收。蕙兰方萧瑟,长叹令人愁。"大意是:心中恻怆之情油然而生,泪水如涌泉潺湲不尽。山里蘅草兰花已经萧瑟凋零,为此长叹不已,令人哀愁不尽。这一层看起来似乎是诗人触悲景生悲情,其实李白的"悲"有更深层的原因,那就是为自己的遭际、为自己的家国、为世风人情等而悲,不过是秋色引动他悲从中来。正因为如此,才"潺湲泪难收"。李白面对冷漠的现实,面对淡薄如纱的世情,还能讲什么?他是无话可讲了。他凝视着号称"姑孰特产"的蘅兰在秋风萧瑟之中老去,唯有以长叹抒发愁苦之情了。

本诗对仗工整,文辞古雅,韵律性强。李白一生喜好名山大川,晚年的李白寄身这姑孰丘壑,耳聆枯桑蝉唱,目睹萧瑟蘅兰,却因病不能远足行游,悲秋之情油然而生,令人感慨。

九　日①

今日云景好②,水绿秋山明。
携壶酌流霞③,搴菊④泛寒荣⑤。
地远松石古,风扬弦管清。
窥觞⑥照欢颜,独笑还自倾。
落帽⑦醉山月,⑧空歌怀友生⑨。

【注释】

①九日:农历九月九日,俗称重九,古人认为九是阳数,所以这天又叫重阳节。

②云景好:景物好。

③流霞:美酒名。

④搴(qiān)菊:采摘菊花。

⑤寒荣:寒冷天气开放的菊花。

⑥觞(shāng):古时的酒杯。

⑦落帽:典出《晋书》,据载:大司马桓温曾和他的参军孟嘉登高于龙山,孟嘉醉后,风吹落帽,自己却没有发觉,此举在讲究风度的魏晋时期,有伤大雅,孙盛作文嘲笑,孟嘉即兴作答,文辞优美,语惊四座。后人以此典比喻文人不拘小节,风度潇洒之态。

⑧空:徒然。

⑨友生：朋友。

【赏析】

这是李白于天宝六年(747)秋重阳日作于当涂的一首诗。

这一年的春天，李白由扬州、金陵溯江而上，来到当涂。诗人特别喜爱这里的山光水色。在当年的秋日重阳佳节，他登上位于当涂城东南的龙山登高抒怀，留下《九日》诗作。

全诗共十句。诗人通过描写自己登高独酌的自娱自乐表达了怀才不遇、壮志难酬的心情。诗的大意是：今天云朵飘飘，景色更美，流水更绿，青山更明亮。我手携一壶流霞酒，采撷一朵黄菊花，欣赏这菊花凌霜不凋的品行。这里山石偏僻，松树古远，快乐的管弦乐声清脆悦耳随风飘荡。酒杯当明镜照耀我欢乐容颜，独自一个人喝酒，自得其乐。望着山月独自起舞高歌，任帽儿被舞风吹落，徒自高歌之时顿生怀友之情。

"今日云景好，水绿秋山明"两句通过"云景好""水绿""山明"写出当日秋高气爽的景象。此两句描写了天高云淡、山明水绿的美好秋景和地远石古、松风清越的幽僻环境，为后面抒发闲适和孤独的情感作了很好的铺垫。"携壶酌流霞，搴菊泛寒荣"两句反映了重阳登高饮菊花酒的风俗。"地远松石古，风扬弦管清"写诗人的所见所闻。"窥觞照欢颜，独笑还自倾。落帽醉山月，空歌怀友生。"在抒写自己饮酒雅兴的同时，也流露出内心的寂寞之感。其中"落帽醉山月"句运用了"孟嘉落帽"的典故，意在说明即使自己在政治上很不得志，屡遭挫折，也还是保持着怡情自然"醉山月"的旷达胸怀。

全诗表现了诗人自娱自乐的闲适和怡情自然的旷达，也表现了诗人内心怀才不遇、壮志难酬的惆怅以及难以排解的孤独。

九日龙山饮

九日龙山饮①，黄花笑逐臣②。
醉看风落帽③，舞爱月留人。

【注释】

①龙山:山名,在当涂县城南青山河畔,离城5千米,主峰海拔107.2米。因山上怪石蜿蜒如龙,形如卧龙仰首,故名。

②黄花:菊花的别称。

③落帽:见《九日》注。

【赏析】

这是李白于广德元年(763)深秋写于当涂的一首诗。

代宗宝应元年(762),62岁的李白抱病来到当涂。此次李白抱病乘舟来当涂,是投奔其从叔当涂县令李阳冰的。这首诗约作于重阳节。李白一生曾多次到当涂,留下了不少诗文。龙山,则是当涂境内一座著名的山峰,登山远眺,长江、天门山、翠螺山、黄山尽收眼底。昔日山上林木参天,庙宇遍布,秋来野菊漫山,丹枫红叶遍满岩谷,是重九登高的胜地。"丹枫红叶,遍满岩谷"的"龙山秋色"为"姑孰八景"之一。写这首诗的时候,诗人已值晚年,由于政治上的失意,加之生活上潦倒、疾病缠身,心情异常抑郁,故而以醉遣愁。

全诗共四句,大意是:九月九日在龙山宴饮,黄色的菊花盛开似在嘲弄我这个逐臣。醉眼看着秋风把我的帽子吹落,月下醉舞,明月留人。在秋日的重阳,诗人登上了当年孟嘉落帽的龙山,独自喝着酒,直到月亮高高升起仍不肯离去。醉意朦胧中,他似乎感到身边的菊花也在嘲笑他。重阳之日,古代文人雅士多喜登高饮酒赏菊抒怀。而在这里,登高饮酒的诗人虽然兴致也很高,但此时的他是一个被朝廷排挤放逐的人,穷病交加,"黄花笑逐臣"不过是诗人的一种自嘲。其中"醉看风落帽"句借用的是孟嘉落帽的典故。这个典故成了历代文人雅士重阳登高游宴的佳话。诗人对历史上发生的这一幕文坛趣事是极其向往和追慕的。毕竟孟嘉的才能有桓温这样的人赏识,而自己则只能徒生感叹。"醉看风落帽,舞爱月留人"描写的是诗人醉酒后那种豪放不羁的神态和乐而忘返的心情,其中"舞爱月留人",看似惬意,但掩盖不住诗人纵情花草风月之中所隐藏于内心的无限痛苦与寂寞。

全诗诗人借重阳登高饮酒抒怀,慨叹自己的不幸经历。同时,表现了诗人对黑暗现实强烈不满的情绪和内心深切的悲哀。

九月十日即事

昨日登高罢,今朝更举觞①。
菊花何太苦,遭此两重阳②。

【注释】

①觞(shāng):酒杯。

②两重阳:九月九日是重阳节,旧有采菊宴赏之风俗。重阳后一日宴赏为小重阳。

【赏析】

这首诗与《九日龙山饮》属同时期的作品,创作时间为广德元年(763)深秋。

从时间上推测,《九月十日即事》写于《九日龙山饮》的次日。从内容和手法上分析,《九日龙山饮》中只是寓情于花草风月,叹息人世无常;《九月十日即事》则是借花自惜,以"花遭两重阳"来慨叹"人遭两重伤",是诗人对黑暗现实发出强烈的控诉。

全诗共四句。诗的大意是:昨天刚登上龙山宴饮,今天又在这里举起了酒杯。菊花为何这样受苦,遭到两个重阳的采折之罪? 诗的开头两句"昨日登高罢,今朝更举觞",是因为诗人因前一日已有龙山之饮。登高也罢,举觞也罢,只是"菊花何太苦,遭此两重阳"。此处的"菊花"亦即前首诗中之"黄花"。古代人常把菊花比作花中的隐士,很自然地,诗人在这里由菊花联想到自己。在唐宋时代,九月十日被称为"小重阳",诗人从这一角度入手,说菊花在大小重阳两天内连续遇到人们登高、宴饮,两次遭到采撷,所以有"太苦"的抱怨之言。李白两度登高饮酒,采菊宴赏,正见其愁怀难以排解。诗人以醉浇愁,朦胧中,仿佛看到菊花也在嘲笑他这个朝廷"逐臣",他痛苦地发问:菊花为什么要遭到"两重阳"的重创? 对于赏菊的人们来说,重阳节的欢乐情绪言犹未尽,所以九月十日还要继续宴饮;但菊花作为一种生命的个体,却要忍受两遭采撷之苦。诗人以敏感、灵秀的心,想象着菊花之苦。实际上,诗人是借菊花之苦来寄托自己内心的极度苦闷,借叹菊花,而感慨自己被馋离京、流放夜郎的坎坷与不幸,排解心中的愁怀。

全诗表面上写惜花,实质上是诗人借花自惜。诗人一生曾遭受两次重大的打击,与菊花两次受创,经历如此相似!诗人从而在感情上产生了强烈的共鸣,并从心底发出愤怒的呐喊。整首诗语言虽平淡,意味却很深长。晚年的李白在当涂无所依靠,处于"天涯失归路"的彷徨孤独之中。重阳节,两度登临龙山,举觞赋诗,怅咏悲凉的一生。诗人借菊花的遭遇来写自己与菊花同病相怜之情,表现得十分浓烈而又恰到好处,感人至深。

览镜书怀

得道无古今①,失道还衰老。
自笑镜中人,白发如霜草。
扪心空叹息,问影何枯槁。
桃李竟何言②,终成南山皓③。

【注释】

①得道:符合道义。无古今:永恒不变。

②"桃李"句:化用司马迁《史记》中《李将军列传》一文里所引谚语:"桃李不言,下自成蹊。"桃李虽然不说话,但去采食果子的人多了,那树下自然就会踩出一条路来。比喻德高望重的人,不用夸耀自己,也不必别人荐举,自然会受到众人的钦敬仰慕。

③南山皓:即商山四皓。商山,又名商阪、地肺山、楚山,在陕西省商县东南,地形险阻,景色幽胜。秦末汉初,有东园公、绮里季、夏黄公、甪(lù)里先生四人隐居于此,因年皆八十余,须眉皓白,故名为商山四皓。

【赏析】

《览镜书怀》是李白于宝应二年(763)写于当涂的一首哲理诗。

哲理诗在李白的诗中并不多见。但晚年的李白在经历世事沧桑之后,已没有青春年华的澎湃激情,没有壮年时代的浪漫潇洒,甚至连常有的牢骚、怨愤也没有,更多的是对宇宙哲理、人生哲理、社会哲理的深沉思考。

本诗就是一首篇幅短小，却意蕴深邃的作品。

全诗八句，可分三层：发端，览镜，书怀。

诗的前两句"得道无古今，失道还衰老"为第一层，是诗的发端，讲"道"的得失。这两句的大意是：得道便无所谓古今，失道终不免会衰老。这两句诗人写得平静，似乎是在漫不经心地讲述一个被人们普遍接受的道理：修道成仙的人自然是长生不老，反之，那些凡夫俗子转眼就会走向生命的最后历程。看似是对道教的肯定，实则是对道教的挖苦。全诗就是由此而引起的。中国古代对"道"有多种理解，李白这首诗中的"道"，也许是指人生道德修养的崇高境界吧！

第二层自"自笑镜中人"至"问影何枯槁"，共四句，主要写览镜。这一层的大意是：自照自笑镜中之人，满头白发就像霜草。扪心空自叹息，我的形影为何这般枯槁？在这一层，诗人紧扣开篇的"衰老"二字，以自己为例证，写览镜之所见。表面上是诗人在深深地自嘲与自责，实质上揭露和批判了报国无门、济世无路的现实。李白从来崇尚道教，理应是"得道"之人，可是到头来，依然"白发如霜草"。"自笑"一句举重若轻，可以说是对自己迷信道教的彻底否定。"空""何"二字写尽了诗人内心深处的极端痛苦。"自笑""扪心""叹息""问影"几个连续动作则把诗人览镜之时的心理活动、外貌特征和神态举止活脱脱地展现在读者面前，好像是诗人晚年的一幅形神兼备的自画像，诙谐中伴有苦涩。

第三层"桃李竟何言，终成南山皓"两句，写书怀。这两句的意思是：桃李何必多言，早晚会赞成商山四皓。这两句用典，诗人变"桃李不言"为"桃李竟何言"，用愤激之语表达出：我纵有才能，却没有施展的机会，还有什么可说？诗人赞赏商山四皓，是希冀自己能像他们一样，为国家贡献出自己的余热。两个典故的活用，写出了不合理制度下杰出人才的悲剧结局，反映了诗人"天生我材必有用"的坚强信念，表达了诗人对邪恶势力的殊死抗争和矢志不渝的政治热情。

全诗以议论为主，没有华丽词句。诗人通过自我的逼真刻画，表达了悲怆而不消沉的情感。

笑歌行

笑矣乎！笑矣乎！君不见曲如钩，古人知尔封公侯。君不见直如弦，古人知尔死道边。张仪所以只掉三寸舌①，苏秦所以不垦二顷田②。

笑矣乎！笑矣乎！君不见沧浪老人歌一曲③，还道沧浪濯吾足。平生不解谋此身，虚作《离骚》遣人读。

笑矣乎！笑矣乎！赵有豫让楚屈平④，卖身买得千年名。巢由洗耳有何益⑤，夷齐饿死终无成⑥。君爱身后名，我爱眼前酒。饮酒眼前乐，虚名何处有？男儿穷通当有时，曲腰向君君不知。猛虎不看机上肉，洪炉不铸囊中锥。

笑矣乎！笑矣乎！宁武子，朱买臣，叩角行歌背负薪⑦。今日逢君君不识，岂得不如佯狂人？

【注释】

①张仪：战国时纵横家，魏国人。游说入秦，首创连横，先后任秦相、魏相，显赫一时。

⑦苏秦：战国时纵横家，洛阳人。游说入燕，倡六国合纵抗秦，迫使秦废帝请服。

③沧浪老人：指《楚辞》中的渔父。《楚辞·渔父》："屈原曰：'安能以皓皓之白，而蒙世俗之尘埃乎？'渔父莞尔而笑，鼓枻而去。歌曰：'沧浪之水清兮，可以濯吾缨；沧浪之水浊兮，可以濯吾足。'遂去不复与言。"

④豫让：春秋战国间晋国人，初为晋卿智瑶家臣，赵、韩、魏三家共灭智氏，遂改名，图谋刺赵襄子，以为智瑶复仇，不果。又用漆涂身为癞，吞炭使哑，改变颜面，一再谋刺赵襄子，均不果。后被逮，求得赵襄子衣，拔剑击之呼曰："吾可以下报智伯矣。"遂伏剑自杀。

⑤洗耳：指尧让君位于巢父和许由的典故。巢父，古代隐士，相传因巢居于树上得名。尧把君位让给他，他不受；尧又将君位让给许由，他又教许由隐居。许由，一作许繇，相传尧要把君位让给他，他逃到箕山下，农耕而食。尧又请他为九州长官，他到颍水边洗耳，表示不愿听到。晋代皇甫谧《高士传·许由》中记载，许由不愿听尧任命自己为九州长的话，在颍水之滨洗耳，恰好巢父牵牛犊想饮水，巢父问明许由洗耳的缘由后，便认为洗耳之水牛犊不可饮，即牵牛犊到上游去饮水了。这个故事表示隐者厌闻世事。

⑥夷齐:《史记·伯夷列传》:"武王已平殷乱,天下宗周,而伯夷、叔齐耻之,义不食周粟,隐于首阳山,采薇而食之。及饿且死,作歌。……遂饿死于首阳山。"

⑦叩角:指宁武子叩角而歌的典故。宁武子,即宁戚。《艺文类聚》:"宁戚饭牛车下,叩角而高歌,……齐桓公闻之,举以为相。"负薪:汉朝朱买臣贫时负薪墓间,歌讴道中,其妻耻之。其后终为汉武帝重用。

【赏析】

这首诗作于广德元年(763)秋李白病笃之际,是诗人临终前写于当涂的一首讽刺诗。

代宗宝应元年(762)夏秋之交,李白闻朝廷委派的河南副元帅太尉兼侍中李光弼统领八道节度使的百万大军往东南平叛至彭城(今徐州),遂动身北上投奔李光弼,以图再次为国效力。无奈半道病还,折回金陵。李白在金陵穷困潦倒,无依无靠,遂投靠时任当涂县令的李阳冰。第二年,63岁的李白寓居当涂养病。入冬,李白沉疴日亟,自知康复无望,病中长吟《笑歌行》。这首讽刺诗大约就是在这种情况下写的。

全诗四段,每一段都以"笑矣乎"开头。第一段,诗人化用汉代童谣:用"直如弦,死道边;曲如钩,反封侯"来讽刺是非错位、黑白颠倒的丑恶社会现实。这一段的大意是:真可笑呀,真可笑,君不见曲如钩吗,古人知此可以封公侯;君不见直如弦吗,古人知此可要死道边。张仪之所以愿鼓三寸不烂之舌,苏秦之所以不愿种洛阳负郭二顷田,皆是此由之故啊。诗中列举了战国时张仪、苏秦的例子来说明"直如弦,死道边;曲如钩,反封侯"的反常现象。张仪和苏秦是战国时有名的纵横家,他们凭着三寸不烂之舌和权诈之术,取得了人主的信任。张仪曾做过秦国的丞相,而苏秦佩六国相印,成了纵约长。他们都凭着"曲如钩"的本领,成了显赫一时的权贵。如果他们抱诚守直,老老实实在家种地的话,说不定早饿死在道边了。李白的这些诗句,借古讽今,旨在揭露当时国君昏聩,才使得像张仪、苏秦那样朝秦暮楚、反复无常的小人,一个个受宠得势,而像自己这样守直不阿的人,却只能作阶下囚了。

第二段写诗人思想的转变,李白自己将社会看透了,认为不值得为统治者卖命卖力,思想反转为出世。这一段的大意是:真可笑呀,真可笑,君不见沧浪老人唱一曲吗，"沧浪之水浊兮，可以濯吾足！"可怜的屈大夫，连自己保身都无术，却虚作《离骚》教人读。诗人用"君不见"四句，借用《楚辞·渔父》的典故，先写渔父，后写抱直守忠的屈原。李白在这里以调侃的口气，表面上是奚落屈原"平生不解谋此身，虚作《离骚》遣人读"，其实骨子里是对现实社会的冷嘲热讽。在"曲如钩"的社会里，像屈原这样正直的人，是没有立足之地的。还不如学学沧浪老人"避世隐身"。

第三段，诗人运用豫让、屈平、巢父、许由、伯夷、叔齐等古人以不同方式求得"身后名"，深入展开议论。这一段大意是：真可笑呀，真可笑，赵国有个豫让，楚国有个屈平，卖身却只买得千载虚名。许由洗耳又有什么用？伯夷和叔齐饿死也无所成。君爱身后之名，我爱眼前之酒。饮酒眼前即能享乐，虚名身后又在何处？男儿穷通当有时，今日之不遇，并非将来也没有时机。如今我曲腰向君，君却不明白这个道理。猛虎向来不食案上之死肉，洪炉也不铸囊中锥一类的小玩意儿。诗中举了如下这些例子：屈平自投汨罗江，博得"以身殉国"的美名；豫让为智伯多次行刺赵襄子未遂而自杀，成为历史上著名的"刺客"；巢父和许由为古代著名隐者；伯夷、叔齐为殷朝末年孤竹国君之子，武王伐纣之后，不食周粟而饿死，被孔子称为"古之仁人"。但是诗人认为这些古人都是为"爱身后名"所奴役，不如"我爱眼前酒"。因为"饮酒眼前乐"是实实在在的，而"身后虚名"到何处寻找呢？"男儿穷通"自有机遇，不必强求，即使求得"身后名"，死后人们弯腰向你礼拜，你也不知道了。这一"虚"一"实"的反差，正是李白的牢骚话。然后，诗人又用猛虎不屑一顾案头之肉和洪炉不熔铸囊中小锥进行类比反衬，表现自己不汲汲于"身后名"的傲骨与大志，嘲笑那些贪图"身后名"者不过是些心地狭窄之辈。

第四段，诗人以宁武子和朱买臣宕起一笔，用这两个古人的事迹，旨在说明穷通有时，应该顺其自然，从而嘲讽那些被"曲如钩"者迷惑了心窍的当权者，即使遇到宁、朱二人，也不会了解他们，他们也只好去佯狂避世了。这一段的大意是：真可笑呀，真可笑，宁武子和朱买臣，当年也是叩着牛角唱歌，背着柴薪诵书。这些一时遭困顿的贤士若今日逢君，君却看不出来，岂不令人佯狂而傲世哉！诗人用宁武子被齐桓公委以重任、朱买臣被汉武帝征用的例子与自己被逐遭弃相对照，以此来表达心中的愤懑。

《笑歌行》全诗每段都以"笑矣乎"开头，连缀全篇，一唱三叹；说事用典,不露痕迹;牢骚之中饱含讽刺意味。

悲歌行

悲来乎!悲来乎!主人有酒且莫斟,听我一曲悲来吟。悲来不吟还不笑,天下无人知我心。君有数斗酒,我有三尺琴。琴鸣酒乐两相得,一杯不啻千钧金。

悲来乎!悲来乎!天虽长,地虽久,金玉满堂应不守。富贵百年能几何,死生一度人皆有。孤猿坐啼坟上月,且须一尽杯中酒。

悲来乎!悲来乎!凤鸟不至河无图,微子去之箕子奴①。汉帝不忆李将军②,楚王却放屈大夫③。

悲来乎!悲来乎!秦家李斯早追悔④,虚名拨向身之外。范子何曾爱五湖⑤,功成名遂身自退。剑是一夫用,书能知姓名⑥。惠施不肯干万乘,卜式未必穷一经⑦。还须黑头取方伯⑧,莫谩白首为儒生。

【注释】

①微子:商纣王庶兄,名启,受封于微。纣王淫乱,微子数谏,不听,遂离朝出走。箕子:商纣王之叔,官至太师,受封于箕。谏纣王不听,乃被发佯狂为奴。详见《史记·宋微子世家》。

②将军:汉将李广。虽抗击匈奴有功,却未得武帝奖赏封侯。

③屈大夫:屈原,春秋时楚人,名平,曾任楚左徒、三闾大夫。爱国直谏,受谤被逐,投汨罗江而死。

④李斯:秦代政治家。楚上蔡(今河南上蔡西)人。战国末入秦,为秦王灭六国献策。秦统一后官至丞相。秦始皇死后,他与赵高合谋逼杀始皇长子扶苏,立少子胡亥为二世皇帝。后遭赵高忌,诬以谋反罪腰斩于咸阳。事见《史记·李斯列传》。

⑤范子:即春秋时期越国大夫范蠡。《史记·越王勾践世家》:"范蠡事越王勾践,既苦身戮力,与勾践深谋二十余年,竟灭吴,报会稽之耻。……还反国,范蠡以为大名之下,难以久居;且勾践为人可与同患,难与处安。……乃装其轻宝珠玉,自与其私徒属乘舟浮海以行,终不反。"

⑥"剑是"二句:说的是西楚霸王项羽的故事。《史记·项羽本纪》:"项籍

少时,学书不成,去学剑,又不成。项梁怒之。籍曰:'书足时记名姓而已。剑一人敌,不足学,学万人敌。'"

⑦卜式:西汉时河南人,畜牧主。屡以家财捐助朝廷,武帝任为中郎,以鼓励富商出资。后加封关内侯,官御史大夫。后被贬为太子太傅,直至寿终。

⑧方伯:诸侯之长,汉代指称刺史、太守等地方州郡官。

【赏析】

这是李白于广德元年(763)秋在当涂病情危重时期而作的一首诗。

此时李阳冰早已卸任离开当涂,李白在当涂无所依靠,处于"天涯失归路"的彷徨孤独之中。是年重阳节,李白再登龙山,举觞赋诗,怅咏悲凉一生。重阳登高归来,写下《九月十日即事》,借花自惜,自伤自悼。入冬,李白沉疴日亟,自知康复无望,病中长吟《笑歌行》《悲歌行》,终于以"腐胁疾",病死在当涂。

《悲歌行》本乐府旧题,属《杂曲歌辞》。古辞是写游子思归而不得的悲感,李白此诗从内容和形式上都作了创新和发展。他以恣肆的文笔,发泄对社会现实的不满和哀叹。和《笑歌行》一样,是一篇声讨封建社会压抑人才的檄文。

这首诗与《笑歌行》表达形式相同,全诗四段,每一段都用"悲来乎"开头。

第一段主要写诗人无人相知的孤寂痛苦。这段的大意是:悲来了,悲来了! 主人有酒先不要斟,听我唱一曲《悲来吟》。悲来了不悲也不笑,天下有谁知我的心?您有数斗酒,我有一张三尺琴。弹琴饮酒的乐处两相得到,一杯酒下肚不亚于得到千两金。在这里,诗人连呼可悲呀,可悲! 用撕裂肺腑的呼喊,来发泄胸中一腔怒气。"主人有酒且莫斟,听我一曲悲来吟",是说不要先喝酒,先听我吟上一曲《悲来吟》以后再喝。这说明,诗人此时的心情,是多么沉重,多么悲愤。"悲来不吟还不笑,天下无人知我心。"这种不吟、不笑近似麻木的神情,比"悲来高歌吟"的神态更为凄凉。这是"天下无人知我心"的先觉者孤独的痛苦,因此,其痛苦倍加深切。"君有数斗酒,我有三尺琴。琴鸣酒乐两相得,一杯不啻千钧金。"然而,这痛彻心扉的悲哀,还得用音乐和美酒来宣泄,只有弹琴和饮酒才能慰藉受伤的心灵。

第二段写人生短暂的悲哀。全段的大意是：悲来了，悲来了！天年虽然长，地年虽然久，金玉满堂人也不可能长守。纵然富贵百年又怎样，一生一死人人都会有。免不了月下孤猿坐坟啼，如此说还应再尽一杯酒。"天虽长，地虽久，金玉满堂应不守。富贵百年能几何，死生一度人皆有。"说明和茫茫的宇宙相比，人生就如白驹过隙，转眼已是百年，尽管你玉堂金马，尽管你官居公侯，大限一到，你也只能撒手而去，一命归天，生前的东西，一件也带不走。在死生的面前，穷人与富人，贱者与贵者，都是平等的。"孤猿坐啼坟上月，且须一尽杯中酒。"坟是人生的必然归宿，孤猿坐在上面哀啼，更增添了死者的凄凉和寂寞。诗人抒写了人生的悲哀、悲叹、悲愤之情，表达了应趁着生前的大好青春纵酒行乐的心情。

第三段写历代圣贤不被重用、反遭打击迫害的悲哀。这一段的大意是：悲来了，悲来了！凤鸟不来，河不出图，国运将衰，贤臣微子离开朝廷便出走，贤臣箕子佯装疯癫为人奴。汉帝不封功臣李广为侯，楚王放逐了忠臣屈大夫。"凤鸟不至河无图"，指孔子老年，其道不行，曾叹道："凤鸟不至，河图不出，吾已矣夫！""微子去之箕子奴"，指微子看到殷纣王暴虐无道，多次冒死进谏，纣王不听，便愤然出走。箕子看到比干因谏被纣王所杀，并剖腹验心，惧而佯狂为奴，被纣王囚禁。"汉帝不忆李将军"，李将军指汉飞将军李广，他历经文帝、景帝、武帝三朝，长期守陇西、雁门、代郡等地，与匈奴大小七十余战，屡立战功，匈奴畏之，称他为"飞将军"。但与他同时的许多同僚或部下都已封侯，唯有战绩最好的李广不被封侯，还被免职闲居多年，后又因从大将军卫青击匈奴，因失道被责，愤而自杀。"楚王却放屈大夫"，屈大夫指楚国三闾大夫屈原。楚怀王、顷襄王因听信上官大夫、令尹子兰一类群小的谗言，将屈原放逐汉北、湘沅。这一段中，诗人一连举了五个历史上著名的圣贤、忠臣、良将被贬、被逐的故事，抒写了忠而被疑、贤而被妒的历史悲剧，令人感到愤怒和悲哀。

第四段中主要写了五个人的命运，深刻地揭示了在权奸当道的封建社会里，白首穷经的知识分子，反不如不学无术之辈能飞黄腾达的可悲现实。全段的大意是：悲来了，悲来了！秦相李斯如果早追悔，就该把虚名抛向身外处。范蠡何曾爱恋游五湖，那是他功成名遂后保身的路。古人说，学剑是为一人用，念书只需认姓名。惠施不肯做国君，卜式做官未必读完一部《经》。应在年轻之时取得一方长官职，莫要空到白头还是一书生。诗中所说的李斯,是秦国丞相,后被赵高所杀,临刑前非常后悔,认识到高官厚禄只是虚名罢了,早应抛弃。范蠡为春秋末越国大夫,吴王夫差打败越国,范蠡帮助越王勾践,设谋灭吴,功成身退,保全性命。项羽少时读书不成,学剑又不成,反而当了西楚霸王。惠施,《庄子》中说他是梁国的宰相,魏惠王欲传国于惠施,惠施坚决推辞。卜式,不读书,靠种田牧畜致富,捐资买官,位至封侯。像卜式这样不学无术的人,可以用钱买官,可见世风之坏。因此,诗的最后两句,诗人愤慨地喊出:"还须黑头取方伯,莫谩白首为儒生!"意思是说:还是趁年轻时猎取功名,搞个太守、刺史一类的官当一当,千万不要白首为儒,当一个虽有学问但没有官做的无用书生!这两句话貌似是指斥读书无用,其实说的是愤慨的话。这一段诗中运用正反交错的手法,反语讽刺的情调,表达了诗人对黄钟毁弃瓦釜雷鸣的黑暗现实的辛辣讽刺。

山水田园

盛唐的繁荣，豪放的个性，让李白一生壮游天下。然而政治上的失意，带给诗人极大的困苦。晚年的诗人游历于江南一带，最终寄居当涂，长眠于青山脚下，永远与青山绿水相伴。姑孰的一山一水、一景一物，无不牵动诗人的情思，他对祖国的热爱从未曾减退。姑孰溪、丹阳湖、谢公宅、天门山等，在诗人的笔下格外美丽。"少女棹轻舟，歌声逐流水"的欢快温馨，"天门中断楚江开，碧水东流至此回"的雄奇壮美，至今让人回味，久久不忘。

让我们追随诗仙的脚步，再次游览姑孰美景，体味诗歌浪漫而质朴的意趣，体味山水的气势、山水的精神、山水的魂魄。

望天门山①

天门中断楚江开②，碧水东流至此回③。
两岸青山相对出，孤帆一片日边来。

【注释】

①天门山：安徽省当涂县城西南长江两岸东、西梁山的合称。东梁山又名博望山，海拔81米，在当涂县城西南15千米的江东岸，今属芜湖市。西梁山又名梁山，海拔65米，在和县城东南30千米的江西岸，今属马鞍山。两山夹江对峙如门，故合称天门山。自江中远望，两山色如横黛，宛似蛾眉，又名蛾眉山。两山耸于江畔，若二虎雄踞，又称二虎山。《舆地志》："博望梁山，东西相隔；相对如门，相去数里，谓之天门。"

②楚江：安徽江南一带古属楚国，流经这里的长江又称楚江。

③至此回：又作"至北回"或"直北回"。

【赏析】

这是李白首次游当涂时写下的一首以当涂天门山为吟咏对象的诗。

唐开元十三年(725),二十五岁的李白首次游当涂。开元十二年(724)秋,李白乘船离蜀,出三峡,南游洞庭,居安陆,游襄汉。第二年夏,东下金陵、扬州,沿着浩瀚长江,饱览了当涂天门山、牛渚矶、白壁山、望夫山的风光。天门山,在今安徽省芜湖市大桥镇(原属当涂县)与和县相隔的长江两岸,江南的称东梁山,江北的称西梁山,两山夹江对峙,长江从中穿过,形如天门,故名。天门山地势险要,风景绮丽,吸引着历代墨客骚人,也深深地吸引着李白,在游洞庭、穷苍梧之后,诗人乘舟东下,初次过天门山,怀着天真喜悦的心情,写下了著名的七绝《望天门山》。

全诗共四句,以诗题中的"望"字来统领。诗中四句都是写诗人"望"中的天门山胜景。

诗人立足于不同的地点,从不同的角度来写"望"中的天门山。

首句诗人"望"的立足点在上游,是远望天门山。因为离得远,所以望得广,整个天门山都能望见。在诗人的想象中,由东西梁山组成的门山原为一座山,阻挡着长江东流,由于长江汹涌水势的冲击,终于把山冲断,分为东西两截,使山中间开了一个天门,江水夺门而出。长江在当涂一带古属楚地,故称楚江。这句诗既写山又写水,描绘了山水的雄伟气势。

第二句诗人"望"的立足点已经近抵天门山附近,是近"望"天门山,主要写水。诗人的小舟已驶抵山旁,"至此"即点明到了天门山下。由于两山岩石突出江中,江水流过狭窄通道,受山岩阻遏而激起波涛回旋。因为靠得近,才能清楚地看到波涛回旋的情景。这句单写水,一个"回"字含蓄而有力,写出水流汹涌旋转之态。

第三句诗人的立足点在舟上,是舟行至天门山之间向左右"望"两岸,主要写山。诗人站在正行进的舟上望天门山,小舟已逐渐驶进两山之间。在这里,诗人巧妙地运用了人们乘舟行进时不觉得舟在行进反而觉得周围的景物都在后退的错觉,不写小舟前行,而写两岸山峰在移步换形,化静态为动态。"相对出"逼真地写出了舟行两山之间"望天门山"两岸特有的感觉。景中含情,写出了诗人初次领略天门山独特风景时的喜悦心情。

最后一句诗人"望"的立足点是已驶出天门山的小舟,再写远"望"天门山,主要写水。此时,江面宽阔无边,诗人从天门山遥望前方,只见一片孤帆,从水天相接的日边迎面驶来,从而巧妙地把读者的注意力引向远方,引发人们不尽的想象,蕴含着无穷的余味。

全诗为我们勾画出了一幅壮丽的山水画:天门山从中间豁然断开,江水从断口处奔流而出;浩浩荡荡的长江,激起滔天的波浪,回旋着向北流去;两岸的青山扑面而来;一叶轻舟从天地间慢慢飘来。全诗四句,每句都是一个特写镜头。山显得多么灵秀,水显得多么矫健,帆又显得多么潇洒,在这景物的背后,是诗人的气宇、感情和风貌。

姑孰十咏①

姑孰溪②

爱此溪水闲,乘流兴无极。
漾楫怕鸥惊,垂竿待鱼食。
波翻晓霞影,岸叠春山色。
何处浣纱人③,红颜未相识。

丹阳湖④

湖与元气连⑤,风波浩难止。
天外贾客归⑥,云间片帆起。
龟游莲叶上,鸟宿芦花里。
少女棹轻舟⑦,歌声逐流水。

谢公宅⑧

青山日将暝,寂寞谢公宅。
竹里无人声,池中虚月白。
荒庭衰草遍,废井苍苔积。
唯有清风闲,时时起泉石。

凌歊台⑨

旷望登古台,台高极人目。

叠嶂列远空,杂花间平陆⑩。

闲云入窗牖,野翠生松竹。

欲览碑上文,苔侵岂堪读。

桓公井⑪

桓公名已古,废井曾未竭。

石甃冷苍苔⑫,寒泉湛孤月。

秋来桐暂落,春至桃还发。

路远人罕窥,谁能见清澈。

慈姥竹⑬

野竹攒石生⑭,含烟映江岛⑮。

翠色落波深,虚声带寒早。

龙吟曾未听⑯,凤曲吹应好⑰。

不学蒲柳凋⑱,贞心常自保。

望夫山⑲

颙望临碧空⑳,怨情感离别。

江草不知愁,岩花但争发。

云山万重隔,音信千里绝。

春去秋复来,相思几时歇?

牛渚矶㉑

绝壁临巨川,连峰势相向。

乱石流洑间㉒,回波自成浪。

但惊群木秀,莫测精灵状㉓。

更听猿夜啼,忧心醉江上。

灵墟山^②

丁令辞世人^㉕,拂衣向仙路。

伏炼九丹成^㉖,方随五云去。

松萝蔽幽洞,桃杏深隐处。

不知曾化鹤^㉗,辽海归几度?

天门山^㉘

迥出江上山,双峰自相对。

岸映松色寒,石分浪花碎。

参差远天际^㉙,缥缈晴霞外。

落日舟去遥,回首沉青霭。

【注释】

①姑孰:一作姑熟,古城名,始建于东晋,因城南姑孰溪而得名。隋唐时为当涂县治所。

②姑孰溪:水名,又称姑浦,今称姑溪河。东与丹阳湖相连,流经当涂县城南,西入长江,全长23千米。陆游《入蜀记》:"姑孰溪,土人但谓之姑溪,水色正绿,而澄澈如镜,纤鳞往来可数。溪南皆渔家,景物幽奇。"

③浣(huàn):洗。这句中的浣纱人有个民间传说。晋代五胡乱华,中原糜烂,当涂大劫之余,人迹尤稀,后有从外地结队流亡而来的人定居于此。一天,忽见一白衣女子在溪畔浣纱,容颜忧戚,大家走上去与她说话,她不回答。众人退散时,她却跃入水中,不见了,众人惊诧地问:"姑孰?(姑娘是谁?)"后来就以"姑孰"为水名,传写而成为"姑熟"。此传说《当涂县志》有载。

④丹阳湖:见《赠丹阳横山周处士惟长》注。

⑤元气:中国古代哲学术语,指产生和构成天地万物的原始物质,或阴阳二气混沌未分的实体。《鹖冠子·泰录》:"天地成于元气"。

⑥贾(gǔ)客:商人。古时坐居一地之商称"贾",而行走四方之商则称"商"。

⑦棹(zhào):船桨。这里作动词用,意为划船。

⑧谢公宅：南齐谢朓任宣城太守时，赞誉当涂青山一带为山水都，曾筑室于青山南，即谢公宅，今已无存。陆游《入蜀记》："青山南小市有谢玄晖故宅基，今为汤氏所居。南望平野极目，而环宅皆流泉、奇石、青林、文筱，真佳处也。由宅后登山，路极险巇。凡三四里许，至一庵，庵前有小池曰谢公池，水味甘冷，虽盛夏不竭。"

⑨凌歊台：见《登黄山凌歊台送族弟溧阳尉济充泛舟赴华阴》注。

⑩平陆：《尔雅》："大野曰平，高平曰陆。"指辽阔而高起的平地。

⑪桓(huán)公井：在当涂县城东3千米的白纻山上。相传是东晋大司马、南郡公桓温所凿。王安石诗云："歌舞不可求，桓公井空在。"

⑫甃(zhòu)：井壁。

⑬慈姥(mǔ)竹：慈姥山所产之竹。慈姥山，俗称猫子山，在采石北二十里处。《太平府志》："慈姥山，在当涂县北四十里，积石俯江，岸壁峻绝，风涛汹涌。……其山产竹，圆体而疏节，堪为箫管，声中音律。"此竹今已不产。

⑭攒(cuán)：聚在一起。

⑮江岛：指慈姥山。此山原在江中，后江沙淤积而江面西移，今山距江已有一里左右。山上曾有昭明太子读书阁、丁兰孝子庙、临江楼等。

⑯龙吟：琴曲名。《北齐书·郑述祖传》："述祖能鼓琴，自造《龙吟》十弄，云尝梦人弹琴，寤而写得，当时以为绝妙。"后用来形容琴声，也用来形容笛声，如杜甫《刘九法曹郑瑕丘石门宴集》："晚来横吹好，泓下亦龙吟。"

⑰凤曲：《列仙传》卷上："萧史者，秦穆公时人也，善吹箫，能致孔雀、白鹤于庭。穆公有女，字弄玉，好之，公遂以女妻焉。日教弄玉作凤鸣，居数年，吹似凤声，凤凰来止其屋。公为作凤台，夫妇止其上，不下数年。一旦，皆随凤凰飞去。"

⑱蒲柳：一名水杨，在植物中凋零最早。《晋书》："顾悦之曰：'蒲柳常质，望秋先零。'"

⑲望夫山：又名枣子矶、小九华山，位于马鞍山市采石镇西北1千米处，海拔157米，濒临长江。山上原有望夫石，高约2米，似人形，上刻"望夫石"三字，今已不存。

⑳颙(yǒng)望：仰望。

㉑牛渚矶：见《夜泊牛渚怀古》注。

㉒洑(fú):漩涡。

㉓精灵:指水下怪物。《晋书·温峤传》:"峤旋于武昌,至牛渚矶,水深不可测,世云其下多怪物。峤遂燃犀角而照之,须臾,见水族覆火,奇形异状,或乘马车著赤衣者。……"

㉔灵墟山:在当涂县城北15千米处,海拔133米。相传辽东人丁令威来此山修真炼丹,后化鹤而去,故称此山为灵墟。山上有丹井、丹洞遗迹,曾建有观、亭,今无存。《当涂县志》:"灵墟山……寒涛振壑,空翠扑衣,令人顿消尘想。"

㉕丁令:《江南通志》:"丁令威,辽东人,为泾县令,游姑熟,乐灵墟山泉石幽秀,炼丹于此。丹成,翔虚去。"

㉖九丹:《抱朴子》:"第九之丹名曰寒丹。凡服九丹,欲升天则去,欲且止人间亦任意,皆能出入无间,不可得而害之矣。"

㉗化鹤:《搜神后记》卷一:"丁令威,本辽东人,学道于灵墟山,后化鹤归辽,集城门华表柱。时有少年举弓欲射之,鹤乃飞,徘徊空中而言曰:'有鸟有鸟丁令威,去家千年今始归。城郭如故人民非,何不学仙冢累累?'"

㉘天门山:见《望天门山》注。

㉙参差(cēncī):高低不齐。

【赏析】

这是李白于天宝十三年至天宝十五年(754—756)逗留当涂时期,以当涂十处胜景遗迹为吟咏对象而写下的诗。

这期间,李白于金陵、当涂、宣城、南陵、泾县、青阳、秋浦一带盘桓,足迹遍及皖南,停留当涂时间较长。当涂的山水胜景尤使李白陶醉,他所到之处尽情游赏,尽兴题诗,《姑孰十咏》即是这一时期的名作。

《姑孰十咏》集中吟咏了古代当涂十处胜景,它们是"姑孰溪""丹阳湖""谢公宅""凌歊台""桓公井""慈姥竹""望夫山""牛渚矶""灵墟山""天门山"。在《姑孰十咏》中《姑孰溪》与《丹阳湖》两首写的是水,《谢公宅》《凌歊台》《桓公井》三首写的是前人遗迹,《慈姥竹》《望夫山》《牛渚矶》《灵墟山》四首写的都是与传说有关的内容。

《姑孰十咏》的第一首《姑孰溪》写的是芳春时节游姑孰溪。诗人时而荡桨,时而垂钓,晓霞烂漫,山峦叠翠,如临仙境。又忆及传说中的浣纱少女,使春游增添了神异色彩。全诗的大意是:我爱姑孰溪,溪水娴静,轻舟随流,游兴无边。想鼓桨急行,又怕惊动了鸥鹭,只好垂竿钓鱼。波光与霞光轻柔缠绵,两岸青山春色叠叠。溪边那浣衣少女是谁?可惜不认识这红颜少女,真遗憾!姑溪河被誉为当涂的母亲河,在诗人的笔下,优美的风光与悠久的传说融为一体,显得如此迷人。

第二首《丹阳湖》写的是夏末秋初丹阳湖中亭亭的莲叶,簇簇的芦花,商客的归帆,少女的轻舟,飘荡的歌声。全诗的大意是:浩渺的丹阳湖在远处与迷蒙的烟雾相连,风波浩荡,汹涌澎湃;从远方归来的商人,升着一片风帆好像是从天地相接的云边而来;乌龟在莲叶上爬行,鸟儿在芦花里栖息;少女驾着轻舟远去,那流水还在追逐着这优美的歌声。诗中运用远近结合、动静结合的手法,为我们勾画出丹阳湖优美的风光,流溢着诗情画意。

第三首《谢公宅》写诗人游览南齐诗人谢朓当日的宅第时的所见所感。全诗的大意是:太阳将要下山时青山显得暗淡下来,谢公宅也显得冷清而寂寞起来;谢公宅旁边的竹林寂无人声,只有一轮明月空自倒映在池中;庭院中长满荒草,废弃的井台上积满苍黑的青苔;只有清风时时吹过,让漫过石头的泉水泛起波纹。李白对谢朓是十分崇敬的,清代王士祯说李白“一生低首谢宣城”。李白的诗《金陵城西楼月下吟》中曾说:“解道澄江净如练,令人长忆谢玄晖。”所以,李白来到谢公故宅,感觉自然不同。他是黄昏时到谢公宅瞻仰的。风流俊逸的宣城太守早已作古,只有往日的宅院在寂寞暮色之中,阒无人声的竹丝,月华空照的池塘,荒庭衰草,废井苍苔,无不勾起邈远之思。诗的最后两句写清风不时从泉石中吹拂而来,仿佛谢公的灵气在此宅中尚未散尽,这大概是让李白最高兴的玄晖遗风余韵吧!

第四首《凌歊台》写诗人登上当涂的古迹凌歊台远眺景致并产生寻古之情。全诗的大意是:登上古楼台,极目望远,风光尽泻眼底。群山如同屏风叠嶂在天空罗列,宽阔的平原上花丛缤纷。白云悠闲自由地进出窗扉,山野松色郁郁,竹丛吐翠。我想看看楼下的碑文,可是上面苍苔累累,字迹难辨。全诗对仗工整,是一首优美的写景诗。

第五首《桓公井》主要写李白游览桓公井,表达了诗人对历史上大英雄桓温已被人们遗忘的遗憾。全诗的大意是:桓温已经作古,他挖的这口井,依然清泉长涌不竭,井中石头壁上苍苔清冷,泠泠寒泉把月亮反射得更加皎洁明亮。秋天,井畔的梧桐落叶纷纷;春天,井旁的桃花明媚绚烂。此井地处偏远,一般人很难看到,谁懂得欣赏井里清澈甘甜的冷泉呢?这首诗诗人由景及人,睹物思人,真可谓英雄相惜。

第六首《慈姥竹》描绘出蒲柳易凋谢、慈姥竹坚贞高洁的景致,赞颂了慈姥竹永葆本色的精神。全诗的大意是:满山的竹枝在石缝中顽强生长,把整个江岛辉映得郁郁葱葱。翠绿的竹叶把自己的身影重重叠在碧绿的江水上,秋风吹来,寒意在竹枝的吟唱中缭绕。我没有听过龙吟的声音,但是此竹箫发出的声音的确比凤凰的歌声好。做人啊,别像蒲草弱柳,一遇秋风就枯凋,要像这慈姥竹,迎风挺立,虚心贞洁,自强自尊。这首诗运用铺叙、侧面烘托、对比等手法,抒发了诗人自身向往高尚人格的感情。

第七首《望夫山》是诗人少有的以女性口吻写的诗歌。全诗的大意是:仰望望夫山,高耸入青天,却看到你为别离而伤悲。花草树木不知道你的心情,在江边与山崖上肆无忌惮地生长。夫君一去,行踪远离千里,音信杳杳,云山相隔万重。只见春来秋来,就是不见夫君回来,花歇浪歇,思君心潮何时休歇?全诗对比鲜明,其中"江草不知愁,岩花但争发"句,一边写芳心欲绝,一边写无知的花草占尽春色,让人怃然一笑,写得特别有趣。

第八首《牛渚矶》写诗人目睹牛渚矶的景色,产生思乡、功业未成的愁情。全诗的大意是:长江宽阔的江面上,耸立一片入云的绝壁,峰峦连绵,气势雄伟。江边乱石堆中漩涡套叠,回波涌起,雪浪拍岸。令人惊叹的是,山峦秀木满嶂,形态奇异,犹如精灵莫测。更令人忧心忡忡的是,夜猿啼叫,声声刺耳,乡关何处,功业何在?真恨不能饮尽长江水——好酒解我万古愁!诗人触景生情,运用夸张的手法,写欲饮长江水,好解万古愁,但可谓借酒消愁愁更愁。

第九首《灵墟山》写诗人来到丁令威化鹤成仙的灵墟山探访古迹,并表达了自己并不相信这怪诞之事的想法。全诗的大意是:古人丁令威,脱离尘世,义无反顾,云山学仙。九转金丹,一旦成功,驾五色云彩而去。如今此地,松高萝藤密,桃花杏花茂盛,他曾经隐居的山洞深幽难寻。不知道他曾经几次化为黄鹤,飞回故乡辽东看望亲人。

第十首《天门山》是一首写景小诗,主要写了天门山的雄壮景色。全诗的大意是:双峰对峙,高耸凌云,俯视大江。岸阔松青,石激雪浪,寒气苍茫。山影高低参差,云霞缥缈天际,山与云融为一体。落日西下,归舟东去,回首看,山色已是隐入青霭不见,莽苍苍。全诗犹如一幅动感十足的油画,不仅色调丰富饱满,而且画面充实跳跃,动感非常强烈。

《姑孰十咏》是李白留给当涂人民的一笔有特殊价值的珍贵遗产,它造就了当涂诗乡的氛围,使人在细细品味中,能够领略到这片土地上山水亭台、风物传说的佳美神奇,从而更加热爱这片形胜之地。

日夕山中忽然有怀

久卧青山云,遂为青山客。

山深云更好,赏弄终日夕。

月衔楼间峰,泉漱阶下石。

素心自此得①,真趣非外借②。

鼯啼桂方秋③,风灭籁归寂④。

缅思洪崖术⑤,欲往沧海隔。

云车来何迟⑥,抚己空叹息。

【注释】

①素心:纯洁的心。

②外借:一作"外惜"。

③鼯(wú):鼯鼠,哺乳动物,像松鼠,前后肢之间有宽大的薄膜,能滑翔,吃植物果实、昆虫等。

④籁(lài):从孔穴里发出的声音,泛指声音。

⑤缅思:追想。缅,遥远。洪崖术:成仙之术。洪崖,传说中仙人名,尧时已有三千岁。

⑥云车:传说中仙人所乘之车。

【赏析】

这首诗是李白于天宝九年(750)之后所作。

学术界对这首诗有争议,有说作于当涂,有说作于九江。诗中的青山,是泛指,还是实指,也是争议点之一。如果是实指,李白有当涂青山情结,借青山景致以抒怀也属常理。李白一生流离坎坷,酷爱游历名山大川,漫游了大半个中国，但因仰慕筑宅于当涂青山的南朝大诗人谢朓之风范，眷恋当涂山水，曾多次到青山来游览、凭吊，写下许多与青山相关的诗。这首诗就是其中的一首。

全诗的大意是：长久云卧青山，几乎成了青山的客人。山深白云更好，赏弄直到日夕。明月衔在楼间的山峰上，清泉漫流在阶下的山石上。在此处可得素心清净，真趣只可体会，不可言说。刚刚立秋，鼯鼠在香花桂树间啼叫，风灭的时候，天籁归寂。缅怀洪崖公的仙术，想去寻找却被沧海阻隔。仙人的七彩云车为什么还不来，抚着茶几空叹息。

全诗大致可分为三层。

第一层自诗的开头至"赏弄终日夕"，共四句，写诗人对当涂青山一往情深，尽情游览后流连忘返。诗的前四句："久卧青山云，遂为青山客。山深云更好，赏弄终日夕。"先写自己住青山很久了，几乎成了它的老朋友，对青山一往情深，这里已成为诗人的第二故乡了。既然如此，诗人便在青山之间任情游览，反复品味，发现了窈深的山间云气，更为赏心悦目，于是一直流连到黄昏之际。陶渊明诗曰"山气日夕佳"，李白与陶渊明所领略到的山景是颇为近似的，这大概是由于彼此的心境相似，或者说以相似的恬淡心境，所见的山间景物自然也有相似之处。

第二层自"月衔楼间峰"至"风灭籁归寂"，共六句，主要写青山的夜景及内心的感受。接着上层"赏弄终日夕"，诗人继续写道："月衔楼间峰，泉漱阶下石。"这两句写得美丽而清幽，一个"衔"字，写出浩月初上，吐清晖于建有楼阁的山峰间的景象；一个"漱"字，描绘出流泉淙淙，飞漱于阶石之下的状况。诗人的视线，由夜空收回到自己脚下，所见皆是静谧秀美，而又不失跃动的生机。接下来诗人写自己内心的感受："素心自此得，真趣非外借。"意思是说纯洁无瑕的心地，在纯净的大自然景色的启迪下油然而生，但细细想来，"真趣"原本就是存在于自己内心的。"真趣"，真正的意趣，它不是虚伪矫饰、违背意愿的强颜欢笑，这在古来是只有那些远离宦海尘浊、远避人间是非的隐逸者才能领悟到的。诗人正陶然于"真趣"之际，忽闻鼯鼠啼于盛开的桂树之间，又觉晚风顿息，万籁俱寂，不免兴感万端。鼯鼠这种小动物，据说它是"能飞不能上屋，能缘不能穷木，能游不能度谷，能穴不能掩身，能走不能先人"，如此鼯鼠，居然在芬馨的秋桂中啼叫，那么真正能发出动人之音的天籁，也就只好噤口无声了。这两句含蓄地表达了诗人对一班小文人得意自鸣的无比蔑视。

第三层自"缅思洪崖术"至诗的结尾,共四句,主要写诗人想到极遥远的古代仙人洪崖,也想到远隔沧海的地方去修炼了,可是,自己已经年迈,而仙人迎接自己的车驾却迟迟未到,也就只好无可奈何地审视自己的衰颜而空自叹息了。

全诗环环相扣,层层递进,诗人触景生情,借景抒怀。诗题讲"忽然",实乃久蓄胸臆之愤懑,在一个偶然的时间喷发了出来。

横江词六首

其 一

人道横江好①,侬道横江恶。
一风三日吹倒山,白浪高于瓦官阁②。

其 二

海潮南去过寻阳③,牛渚由来险马当④。
横江欲渡风波恶,一水牵愁万里长。

其 三

横江西望阻西秦⑤,汉水东连扬子津⑥。
白浪如山那可渡,狂风愁杀峭帆人⑦。

其 四

海神来过恶风回,浪打天门石壁开。
浙江八月何如此⑧,涛似连山喷雪来。

其 五

横江馆前津吏迎⑨,向余东指海云生。
郎今欲渡缘何事⑩,如此风波不可行。

其 六

月晕天风雾不开⑪,海鲸东蹙百川回⑫。
惊波一起三山动⑬,公无渡河归去来⑭。

【注释】

①横江:指今和县东南横江浦与采石矶相对的一段江面,长江水因受天门山阻遏,由东西流向改为南北流向,故称横江。

②瓦官阁:佛寺名,又名升元阁,梁代所建,高二十四丈,倚山瞰江,万里在目。故址在今南京市西南。

③寻阳:唐天宝年间江南西道有浔阳郡,治浔阳县,即今江西省九江市。

③牛渚:即牛渚矶。马当:山名,在今江西省彭泽县东北,山形似马,横枕长江,回风撼浪,舟行艰阻。

⑤西秦:此指京都长安。

⑥汉水:即汉江,长江的最长支流,发源于陕西西南部,东南流经湖北至武汉入长江。扬子津:古代长江下游的重要渡口之一,在今江苏邗江南,长江北岸。

⑦峭帆人:指张挂高帆之船夫。

⑧浙江:即钱塘江。夏历八月十八日江潮最大。

⑨横江馆:津驿,唐时设于采石江口,与长江对岸之横江浦相望,又名采石驿。今驿已毁。1978年,于采石三元洞西北山坡重建,现为采石公园游览景点之一。津吏:管理津渡的小吏。

⑩郎:即郎官,唐代对人尊称。

⑪月晕:月亮的周围为白色光气所环绕,是刮风的征候。

⑫蹙(cù):迫促。

⑬三山:山名,在今南京市西南长江边,三山并列,故名。

⑭公无渡河:古乐曲名,又称箜篌引,常用作哀典。据晋崔豹《古今注》载,朝鲜船工霍里子高晨起撑船,见一白发狂夫横渡急流,其妻阻之不及,堕河死,妻弹箜篌歌《公无渡河》,歌曰:"公无渡河,公竟渡河。堕河而死,当奈公何。"汉代乐府有《公无渡河》曲,李白亦作有古乐府《公无渡河》。

【赏析】

这是李白于天宝十二年(753)途经当涂时写下的一首诗。

这年秋天,李白在南下宣城途中,来到横江渡。本来是自西而东的长江,从浔阳以后逐渐折向东北,到了芜湖至金陵一段的当涂,竟然变成自南而北,横亘在这吴头楚尾地带。横江渡就在这段横着的长江西岸,牛渚矶就在它的东岸。李白此行经过这里时,由于恰在幽州之行归来后不久,惊魂未定,心绪恶劣,来到这"微风辄浪作"的地方,又恰值海潮汹涌的季节,心中的思想感情便和大自然界的风浪发生强烈的共鸣,于是写下了《横江词六首》。此后,天宝十三年至天宝十五年(754—756),李白在当涂有较长时间停留。这期间,诗人尽情游赏当涂的山水胜景,所到之处,尽兴题诗。

《横江词六首》实际上是一组借景写情、寓情于景的政治抒情诗,诗人在描绘当年"牛渚春潮"惊心动魄的景象的同时,也寄托了政途险恶欲往无从之意。诗人通过一组山水诗,描绘了一幅"长江天险图",在这"长江天险图"的背后,掩藏着诗人一段惊险的经历,甚至一生的坎坷。这组山水诗,寄托着诗人心灵深处的难言之痛。这组诗既是写横江,也是写诗人这个时期的生活经历和思想感情;既是写大自然,也是写诗人自己。

第一首总领全诗,是全诗的序曲。这首诗表面上是写诗人对横江风景的总印象,实际上是写他对幽州之行的感慨,甚至是对其一生从政经历的感慨。其大意是:人人都说横江好,但是我觉得横江地势险恶无比。这里能连刮三天大风,风势之猛烈能吹倒山峰。江中翻起的白浪有瓦官阁那么高。诗人先运用对比的手法发表议论,写对横江的感受,又通过描写写出横江风大浪高,也折射出诗人内心的"风浪"。

第二首是写诗人站在江头南望上游,只见波涛汹涌,犹如海水倒灌,其势之猛,几欲过浔阳而上,然后又由浔阳联想到它附近的马当,再用马当和牛渚比较,形容牛渚更险于马当。其大意是:倒灌进长江的海水从横江浦向南流去,途中要经过浔阳。牛渚山北部突入江中,山下有矶,地势本就十分险要,马当山横枕长江,回风撼浪,船行艰阻。横江欲渡风波十分险恶,要跨渡这一水之江会牵动愁肠几万里。其中"牛渚由来险马当"一句,不仅描写长江天险一处比一处险恶,也暗喻自己一生中几次从政经历一次比一次险恶。青年时期"遍干诸侯",到处碰壁,"历抵卿相",又遭人作弄;中年时期,奉诏入朝,仰天大笑而去,低头挥泪而返,甚至被迫遁入方外;到了垂老之年,北上幽州,更是几堕虎口,险入深渊。横江的风浪勾起了他对大半生坎坷经历的感慨,所以深深地叹道:"一水牵愁万里长。"

第三首是诗人站在江岸西望长安,只见云山千重,不见长安何处,感到难以重返朝廷。其大意是:从横江向西望去,视线为横江的如山白浪所阻,望不到长安。汉江东边与扬子津相连,江中的白浪翻滚如山,如此险阻怎么能够渡过呢?狂风愁杀了将要出行的船夫。其中"横江西望阻西秦"句中这个"阻"字,不仅指山川艰难,也兼指仕途崎岖。扬子津是长江下游最有名的渡口,"汉水东连扬子津",不仅表示汉水与扬子津遥遥相接,也比喻己身虽在万里以外,而此心仍系长安。"白浪如山那可渡,狂风愁杀峭帆人"二句,更进一步借风波之阻,形容仕途险恶,隐寄此生从政无望的悲哀。

第四首是写诗人眺望横江下游,浮想联翩。其大意是:横江上常有急风暴雨至,汹涌的浪涛能把天门山劈成两半。钱塘江八月的潮水比起它来怎样呢?横江上的波涛好似连山喷雪而来。写"海神来过恶风回",横江下游通海,诗人由此联想到"海神",传说海神经过之地必有狂风暴雨;"浪打天门石壁开",天门山在横江附近,隔江对峙,形如门阙。此二句表面上是形容横江的风,好像是海神经过时掀起来的;横江的浪,好像把一座完整的石壁也劈成了两半。实际上还有更深一层的意思。这里的"海神",亦即第六首中的"海鲸"。李白在他的诗文中,多次以"鲸""长鲸""鲸鲵"指安禄山,由此可见"海神来过恶风回"一句,除表面意思外,还隐指安禄山将要发动叛乱。而"浪打天门石壁开"一句,除表面意思外,还隐指叛乱起来以后,唐王朝将有国破之虞。"浙江八月何如此?涛似连山喷雪来"二句,是用有名的钱塘潮形容横江潮,写出了横江潮的壮观景象。其间也可能暗用秦始皇故事,以秦始皇末日暗喻唐玄宗的末日。

第五首是借掌管渡口的小吏的话,预言更大的风波即将到来。其大意是我在横江浦渡口的驿馆前受到了管理渡口的小吏的相迎,他指着东边,告诉我海上升起了云雾,大风雨即将来临。你这样急着横渡到底为了什么事情呢?如此大的风波危险,可不能出行啊!诗人巧妙地运用民歌入诗,更妙在以眼前景、口头语表现了当时的政治形势,传达出诗人心头的政治预感:一场大的动乱将要起来。两年以后,果然爆发了"安史之乱"。

第六首是进一步写当时的政治形势和自己心中的政治预感。其大意是：横江之上经常月晕起风，整日笼罩在风雾中，江里的海鲸翻腾，百川倒流。波涛大浪一起，声势浩大，三山都会被之摇动，横江水势湍急，千万不要轻易渡江，如果轻易而渡，将会有去无回。诗中"月晕天风雾不开"，表面上是写横江渡口的自然景象，实际上是写天宝末期的政治局面。"海鲸东蹙百川回"，表面上是写横江波涛汹涌，好像是海中的鲸鱼翻腾，迫使众水倒流，实际上是写安禄山将要发动叛乱。"惊波一起三山动"，实是预言叛乱一起来，唐王朝的整个大地都会震动。"公无渡河归去来"，既然势将至此，而自己又回天无力，那还何必去冒险从政呢？不如像陶潜那样退隐田园算了。后来，李白隐居在宣城敬亭山下，直到"安史之乱"起来，李白对国事的忧虑就更为激切了。

《横江词六首》展示了一幅"长江天险图"。其中，第二、三两首是眺望横江上游，第四、五两首则是眺望横江下游。六首诗看起来是孤立的，但实际上是不可分割的整体。全诗自首至尾贯串着李白壮志难酬的悲哀和来日大难的殷忧，表现了诗人对国家命运的高度关切和敏锐的政治预感。在这幅"长江天险图"的背后，可以看到诗人李白一生的悲剧，显现出他那个时代的影子。

当涂赵炎少府粉图山水歌①

峨眉高出西极天②，罗浮直与南溟连③。
名工绎思挥彩笔，驱山走海置眼前。
满堂空翠如可扫④，赤城霞气苍梧烟⑤。
洞庭潇湘意渺绵⑥，三江七泽情回沿⑦。
惊涛汹涌向何处，孤舟一去迷归年。
征帆不动亦不旋，飘如随风落天边。
心摇目断兴难尽⑧，几时可到三山颠⑨？
西峰峥嵘喷流泉，横石蹙水波潺湲⑩。
东崖合沓蔽轻雾⑪，深林杂树空芊绵⑫。
此中冥昧失昼夜，隐几寂听无鸣蝉⑬。
长松之下列羽客⑮，对坐不语南昌仙⑯。
南昌仙人赵夫子，妙年历落青云士⑰。

讼庭无事罗众宾^⑱，杳然如在丹青里^⑲。

五色粉图安足珍？真仙可以全吾身^⑳。

若待功成拂衣去，武陵桃花笑杀人^㉑。

【注释】

①赵炎：即赵四，河北人，天宝中为当涂县尉，与李白友善，至德初流炎方。李白曾为他写下《春于姑孰送赵四流炎方序》《寄当涂赵少府炎》《送当涂赵少府赴长芦》《赠友人三首》等诗作。少府：县尉别称，管理一县的军事、治安。粉图：在粉壁（即白色粉墙）上画的图画。

②峨眉：山名，位于四川省峨眉县西南，两山相对如蛾眉，故名，为著名佛教圣地。

③罗浮：山名，地跨广东省增城、博罗、河源等县，长百余里，峰峦四百余，风景秀丽，为粤中名山。南溟：南海。

④空翠：山上草木的颜色。

⑤赤城：山名，在浙江省天台县北3千米，其山土赤，远望状如红云，故谓之赤城霞气。苍梧烟：苍梧白云。苍梧山，即九嶷山，在今湖南省宁远县东南，相传舜葬于此。

⑧洞庭：湖名，在湖南北部，长江南岸。潇湘：水名。潇水源出九嶷山，湘水源出阳海山，二水于湖南零陵县西汇合，称为潇湘。潇湘北流，汇众水以达洞庭湖。

⑦三江七泽：泛指江河众川。回沿：逆流而上曰回，顺流而下曰沿。形容画上水景回旋荡漾的景象。

⑧心摇目断：心情激动，极目眺望远处。

⑨三山：传说中的蓬莱、方丈、瀛洲三座仙山。

⑩矗（cù）：迫促。流水为横石阻隔，水流不畅，故称矗水。

⑪合沓（tà）：山崖高大重叠的样子。

⑫芊（qiān）绵：绿草繁茂的样子。

⑬冥昧：幽暗。

⑭隐几：倚着几案。

⑮羽客：道士的别称。汉武帝时方士栾大曾穿羽衣（以鸟羽为衣，取成仙飞翔之意），后世遂称道士为羽士或羽客。

⑯南昌仙：汉成帝时，九江人梅福为南昌县尉，后舍弃妻子离九江，时人传他得道成仙，称他为南昌仙尉。

⑰妙年：指年轻有为。历落：犹磊落，襟怀坦荡。青云士：才高志大的人。

⑱讼庭：指赵炎的衙署。

⑲杳（yǎo）然：深远不见踪影的样子。丹青：指粉图。

⑳全：全生，养身。

㉑武陵桃花：武陵（今湖南常德）郡桃花源。晋代陶潜曾作《桃花源记》，谓有渔人误入桃花源，遇秦时避乱者。出而复往，迷失其外。后人相传陶潜所记之遗址，即桃源（今湖南桃源县）山下的桃源洞。

【赏析】

这是李白于天宝十四年（755）为时任当涂县尉的友人赵炎所画的粉画山水而作的一首题画诗。

天宝十三年至天宝十五年（754—756），李白在当涂有较长时间停留。这期间李白与当涂的官员、寺僧频繁交往，其中与当涂县尉赵炎交往颇多。天宝十五年（756）春，赵炎离开当涂时，李白一直送至城西南30里的天门山下，由此可见，两人情意甚笃。

李白多次写下以与赵炎交往为内容的诗，《当涂赵炎少府粉图山水歌》就是其中的一首。这是一首题画诗，李白题画诗不多，这一首弥足珍贵。全诗通过对一幅山水壁画的传神描述，再现了画工创造的图景，再现了观画者的心理活动，表现出诗人神与物游的审美情趣，也表达了诗人向往出世的愿望。

全诗分为三个部分。

第一部分自"峨眉高出西极天"至"三江七泽情回沿"，共八句。这部分诗人从整体着眼，概略地描述出一幅雄伟壮观、森罗万象的巨型山水图，赞叹画家巧夺天工的本领。这部分的大意是：画中之山，如峨眉挺拔于西极之天，如罗浮之山与南海相连。此画工真是一位善于推思的能工巧匠，用彩笔驱赶着高山大海置于我的眼前。满堂的空灵苍翠可扫，赤城的霞气和苍梧的岚烟，仿佛可从画中飘浮而出。洞庭潇湘的美景意境深远，我之情意随着三江七泽之水而回返往复。诗人展示了这幅山水画的整体印象，为读者再现了生动的画面：峨眉的奇高、罗浮的灵秀、赤城的霞气、苍梧（九嶷）的云烟、南溟的浩瀚、潇湘洞庭的渺绵、三江七泽的迂回。在诗人的笔下，这幅画似乎把天下山水之精华荟萃于一壁，壮观而有气魄。

第二部分自"惊涛汹涌向何处"至"隐几寂听无鸣蝉"，共十句，对画面作具体描述。这部分的大意是：那汹涌的波涛要流向何处？江海上孤舟一去无归日。船上的征帆不动亦不旋，好像随风飘落至天边。我心摇目断，逸兴难尽。不知何时此舟才可到海中三仙山？西峰山势峥嵘，瀑布喷射，山下巨石横斜，溪流蜿蜒曲折，水声潺潺。东崖岩层叠嶂，云遮雾障，林深树密，草木繁盛。在此深山之中，岁月不知，昼夜难分。我凭几独坐，静得连一声蝉鸣也听不到。这一部分诗人先引导读者的眼光朝画面细部推进，聚于一点，写"惊涛汹涌向何处，孤舟一去迷归年。征帆不动亦不旋，飘如随风落天边"。接着诗人再次将镜头推远，读者的眼界又开阔起来："西峰峥嵘喷流泉，横石蹙水波潺湲。东崖合沓蔽轻雾，深林杂树空芊绵。"这是对山水图景具体的描述，展示出画面的一些主要细部，从"西峰"到"东崖"，景致多姿善变。最后用"此中冥昧失昼夜，隐几寂听无鸣蝉"写自己的感受。用这幅画引人遐想的情状，从侧面写出了画中的山水如真。

第三部分自"长松之下列羽客"至诗的结尾，共十句。这部分诗人由景写到人，写自己的观感。这部分的大意是：在长松之下，有仙人数位，对坐不语，南昌仙人梅福也似列坐其中。赵炎夫子如南昌仙尉，正当妙年华品，为磊落青云之士。庭中讼息，政简无事，与众宾客在堂中宴坐，杳然如画中之神仙。此乃五色图画，并不足珍，还是真山真水最好，可以远离世尘，端居全身。有朝一日我功成之后，将拂衣而去，而武陵的桃花在含笑等着我。这部分"长松之下列羽客，对坐不语南昌仙"两句，既写观者如入画中的感受，也写画中之人的逼真。诗人紧接着笔锋一转，直指画主赵炎为"南昌仙人"。"南昌仙人赵夫子，妙年历落青云士。讼庭无事罗众宾，杳然如在丹青里。"赵炎为当涂少府，说他"讼庭无事"，是赞扬他政清刑简，杳然如画中的仙人。最后，诗人似乎从画中走出，产生复杂的思想感情："五色粉图安足珍？真仙可以全吾身。若待功成拂衣去，武陵桃花笑杀人。"诗人感慨：这毕竟是画啊，在现实中要有这样的去处就好了。于是，诗人想应趁早到名山寻仙去，如果晚了，不免会受到"武陵桃花"的奚落。诗人从画境联系到现实，展示了这幅山水画巨大的艺术感染力量，并以优美的艺术境界映照出现实的污浊,引起人们对理想的追求。

这首题画诗表现了大自然美的宏伟壮阔的一面。诗人运用远近不同的视角,视野开阔,气势磅礴,同时赋山水以诗人个性。诗人把对画家的赞美、画的内容和自己看画的感受,交织在一起,写得情景交融而又层次分明,表现出了高超的艺术手法。

游谢氏山亭①

沧老卧江海②,再欢天地清③。

病闲久寂寞,岁物徒芬荣④。

借君西池游⑤,聊以散我情。

扫雪松下去,扪萝石道行⑥。

谢公池塘上⑦,春草飒已生。

花枝拂人来,山鸟向我鸣。

田家有美酒,落日与之倾。

醉罢弄归月⑧,遥欣稚子迎⑨。

【注释】

①谢氏山亭:又名谢公亭,在当涂县东南青山之巅。南齐诗人谢朓任宣城太守时,酷爱青山胜景,曾双旌五马来游,并筑室于山南,即谢公宅(见《姑孰十咏》注)。宅后峦岫参差,山顶有座小亭,即为谢氏山亭。陆游《入蜀记》:"青山南小市有谢玄晖故宅基,……环宅皆流泉、奇石、青林、文篠,真佳处也。……绝顶又有小亭,亦名谢公亭。下视四山,如蛟龙奔放,争赴川谷……"

②沧老:沧落到衰老的时候。

③"再欢"句:《资治通鉴·唐纪》:代宗广德元年(763)春正月,"(史)朝义穷蹙,缢于林中,(李)怀仙取其首以献"。安史之乱,以史朝义缢死而告终结,"再欢天地清"句似指此事。

④岁物:指一岁一枯荣的花草树木。

⑤君:指诗人谢朓。西池:即谢公池,因位于当涂青山谢公宅西北,故称"西池"。

⑥扪(mén)萝：手握萝藤。

⑦"谢公"二句：诗人谢灵运《登池上楼》诗云："池塘生春草。"此两句即化用谢灵运诗意。飒(sà)已生：凋残又已重生。

⑧弄：玩赏，欣赏。

⑨稚(zhì)子：幼子，也泛指小儿。晋陶渊明《归去来辞》："僮仆欢迎，稚子候门。"

【赏析】

这是李白于广德元年(763)写于当涂的一首诗。

代宗宝应二年(763)早春(七月改广德元年)，63岁的李白寓居当涂养病。诗人当年身体略见好转，且有子女在身边相伴。从诗的内容分析，这首诗可能是李白在"疾亟之后"的"复苏"之作。李白晚年所患为"腐胁疾"，但李白来当涂后，由于县令李阳冰的百般照顾和帮助，经过几个月的调养，病情略有好转。适逢安史叛军的残余势力首领史朝义在逃亡途中自缢身死，安史之乱遂告终结，大唐"天地"复归清平。因此，沉疴初起后的李白倍感兴奋。李白"一生低首谢宣城"，仰慕曾筑宅于当涂青山的南朝大诗人谢朓之风范，眷恋当涂的青山绿水，多次到当涂青山谢公宅，或凭吊，或寻幽览胜。

全诗大致分三层。第一层自诗的开头至"岁物徒芬荣"，共四句。这一层主要写自己久病后复杂的心情，暗含病后想出游的愿望。这一层的大意是：年老沦没卧于江海之滨，幸遇天子中兴而再欢天地清明。养病闲居久处寂寞，徒然望着今年的草木茂盛。诗篇起首"沧老卧江海，再欢天地清"两句，写诗人由愁转喜。"病闲久寂寞，岁物徒芬荣"两句，则是病中寂寞愁苦心情的再现。沧老卧病，久治不愈，心情烦躁，倍感寂寞，因此对外界自然的荣枯变化也无心赏玩。前一句用一个"久"字，突出了诗人对自己久病不起的烦厌心态；后一句用一个"徒"字，暗示了诗人因病而不能亲近自然之美的无奈心绪。诗人在抒写了沉疴初起的兴奋心情之后，再返写病中的萧寂烦闷心情，不仅可以形成鲜明的对比，而且还可以往日病中的心情反衬现时的兴奋心情，从而加重"再欢"的分量，引起病后出游的兴趣，进而引出下文的谢氏山亭之游。

第二层自"借君西池游"至"落日与之倾"，共十句，具体叙写游踪，描写出游所见之景。这一层的大意是：借您的西池今作一游，聊以遣散我郁闷之情。将积雪扫至松树下，抚摸藤萝在石道上慢行。谢公的池塘之上，春草已微微生发。开着春花的树枝拂着人面而来，山上的鸟儿也在向我叫鸣。田家酿有醇香的美酒，落日之时与我畅饮。诗人先以“借君西池游，聊以散我情”两句点明出游对象，直写出游目的。所游对象是“君”之“西池”；出游旨趣是“以散我情”。“君”之“西池”，即谢公池，传说为诗人谢朓所凿，石垒四壁，塘方一亩，池水滃然，终年不竭。谢朓当年曾驻足青山，留有许多遗踪胜景，其中的“西池”，又称“元晖古井”，即为“姑孰八景”之一。所以李白在病起之后，首先想到的就是上青山，游西池。当然这次游西池，与往日不同的是“聊以散我情”而已，即为了与古贤谢朓神思相接，以青山旖旎的佳趣来消释长期卧病所累积的烦忧。然后以“扫雪松下去，扪萝石道行”两句叙写出游行踪。其中“扫雪”两字暗点此游时值初春，冬雪尚未完全消融。“扪萝”两字，描写山道险峻，须手攀萝藤，方能前行。对于一位大病初起的老人来说，在这样的情境下出游，谈何容易！然而诗人却逸兴勃起，“扫雪”前往，“扪萝”而行。由此可见，自然山水在诗人心目中具有多么大的魅力！因此，这两句诗借明写游踪，暗托游兴，进一步突出表现山水胜景足以令人释忧畅怀的旨趣。“谢公池塘上，春草飒已生。花枝拂人来，山鸟向我鸣”四句，则承续上文“西池游”三字，具体描写谢公池周围的景物：谢公池上，春草萌生，山鸟啼鸣，可谓是春景明丽，春意盎然。这里，诗人并非纯然为谢公池之春写意图貌。从“花枝拂人来，山鸟向我鸣”这样的诗句中，我们似乎看到了诗人李白已经将“自我”融入了花鸟山水之中，似乎体悟到了诗人与花鸟山水之间的一种密合无间的精神交流。李白视山水为知己，视草木为宾客，视花鸟为知音，有时竟会达到“相看两不厌”的地步。这不能不说诗人李白对大自然的美景有着一种超乎寻常的亲和力。李白这种与自然的亲近感，这种与山水合一的思想根基，正是他在大病初起之后急于要到青山一览谢公池之春光的原因。李白对自然山水常常是似醉如痴般地沉醉在山水逸兴之中。有时即使是到了日晚黄昏，游兴也毫不稍减。“田家有美酒，落日与之倾”两句，不仅表现出诗人这种佳趣不歇、游兴难尽的浓厚兴致，而且平添了几笔田家待客的场景，再衬以落日余晖的背景。诗人拈出“田家”倾其美酒款待客人的生活场景着意加以描画，还可以使读者体会到“田家”的诚朴热情，以及诗人与“田家”之间的款曲相通，进而使得诗人笔下的画面更富于生活气息和人情味。

第三层是诗的最后两句,主要叙写诗人戴月醉归的情致,以及稚子远迎的情景。这一层的大意是:酒醉后弄赏着同归的明月,在远处就欣闻稚子前来相迎。这两句是全诗的收束,前一句用一"醉"字,后一句用一"欣"字,形神兼备,生动地展现了诗人此次出游已经得到精神上的充分满足。

江南春怀

青春几何时,黄鸟鸣不歇。
天涯失乡路①,江外老华发②。
心飞秦塞云③,影滞楚关月④。
身世殊烂熳,田园久芜没。
岁晏何所从⑤? 长歌谢金阙⑥。

【注释】

①失乡路:一作"失归路"。

②华发:花白头发。

③秦塞:泛指古代秦地的关口。《史记·苏秦列传》:"秦,四塞之国。"

④楚关:泛指古代楚国的关隘,如昭关。

⑥岁晏:年纪老了。

⑦谢:告辞。金阙(què):指朝廷。阙,宫门前两边供瞭望的建筑物,泛指帝王住所。

【赏析】

这首诗是李白于宝应二年(763)写于当涂的一首诗。

这一年,63岁的李白寓居当涂养病。当涂是江南的鱼米之乡,这里山川秀丽、风光旖旎。诗人第七次来到这里,常于春日阳光和煦、生机勃发之时,纵情讴歌。但是韶光易逝,朱颜易改,这首《江南春怀》亦有类似的慨叹。

全诗共十句。诗的大意是:青春能持续多长时间,春天黄鸟鸣个不停。人在天涯,不知回乡的路在哪里,江湖游荡,白了头发。身影迟滞在楚关的月下,心却飞往秦塞云中。此身此世特别烂熳,田园也久已荒芜。眼看又到年终,应该何去何从? 高唱长歌谢别金阙。

　　诗的开头两句"青春几何时,黄鸟鸣不歇",既写了春日特具的美景,又是一个信手拈来的妙喻,比喻青春岁月的短暂易逝,表达了爱惜、留恋人生美好时光的情感。"天涯失乡路,江外老华发"两句写得十分凄苦,身在遥远的天涯,却失去了回归故乡的途程。李白暮年无从返回养育自己的蜀地,只能在"江外",也就是"江左"当涂,空老华发。无奈之中,诗人只能"心飞秦塞云,影滞楚关月",李白想象自己的思乡之心化作一片云彩,可以从撑天阻地的秦塞轻轻地飞掠过去,可是,实际上呢,自己的身影却在月下的楚关被阻滞住了。当涂一带,古称"吴头楚尾",隔江便有属于楚国的昭关在含山耸峙着,乃是难以逾越的关隘。古人伍员便曾厄于此,想来李白也不可顺利通过的。其原因倒不在于敌国的哨卡,而是他已失却回乡的依据。这依据便是"田园久芜没"。李白从青年时代到垂老之年,其间三四十个春秋,家里的田园一定是芜没很久了。昔日烂熳的身世,于今坠入赤贫,还怎么回去呢?"岁晏何所从? 长歌谢金阙。"说的是自己年事已高,无所依从,只有放声吟哦、远离朝廷在山水间"愁苦而终穷"了!

　　全诗用反衬手法,以华彩焕然的春色,衬托内心无告的哀愁,表达了青春易逝、故乡难回、逃离都市、回归田园的感情。

田园言怀

贾谊三年谪①,班超万里侯②。
何如牵白犊,饮水对清流③!

【注释】

①贾谊:前200—前168年在世,西汉政论家、文学家,洛阳(今河南省洛阳市东)人。贾谊喜好议论国家大事,针对匈奴贵族的侵扰、分封侯王的专横跋扈等事上书皇帝,指出时局之危急,认为"可为痛哭者一,可为流涕者二,可为长太息者六"。大臣周勃、灌婴等极力排挤贾谊,贾谊被贬为长沙王太傅,后又为梁怀王太傅。贾谊在贬为长沙王太傅时,曾渡湘水,为赋

以吊屈原,而以自喻。在长沙三年期间,他又作《鹏鸟赋》,自伤不遇。谪(zhé):封建时代把高级官吏降职并调到边远地方去做官。

②班超:32—102年在世,东汉名将。字仲升,扶风安陵(今陕西省咸阳市东北)人,著名史家班固之弟。永平十六年(73),从窦固击北匈奴。不久奉命率吏士三十六人赴西域,攻杀匈奴派驻鄯善的人员,又废亲附匈奴的疏勒王,巩固了汉朝在西域的统治。从章和元年(87)到永元六年(94),他陆续平定莎车、龟兹、焉耆等地的贵族叛乱,并击退月氏入侵,保护了西域各族的安全以及"丝绸之路"的畅通。永元三年(91),任西域都护,后封定远侯。他在西域活动三十一年,曾遣甘英出使大秦(罗马帝国),至条支的西海(今波斯湾)而还。侯:名词作动词用,求封侯。

③"何如"二句:用的是尧让君位于巢父和许由的典故,详见《笑歌行》注。

【赏析】

这是李白于宝应二年(763)写于当涂的一首五言绝句。

李白病逝于当年冬天,投靠的族叔当涂县令李阳冰早已卸任离开当涂。据现有资料,似乎既不见李白有庄园,又未见关于他亲耕力田的记载,因此,他写"田园"只是托言于田园。

全诗共四句,二十个字。大意是:贾谊急于仕进被贬到长沙三年,班超离家万里才封了个定远侯。这怎能比得上率着白牛犊的巢父,饮水于清清的河流。

"贾谊三年谪,班超万里侯。"一句写贾谊,一句写班超,用的是反衬手法。贾谊是西汉时一代才人,见识高卓,文章辞赋亦非凡辈可望其项背者,但他不仅遭同列排挤,实际上也未被皇帝重用。诗人李商隐慨叹:"可怜夜半虚前席,不问苍生问鬼神。"一个正直敢言、关心世事的大臣,却被贬谪于长沙三年。贾谊怀才不遇,李白与其相似,如何能不为之慨叹呢?班超是汉代名将,去家万里,浑身是胆,投笔从戎,功盖一代,官封定远侯了。然而直到他垂暮之年,老病衰困,还难归故里。贾谊、班超一文一武,文有鸿文惊世,武有奇勋骇俗,但结局是一个抑郁早逝,三十二岁英年即命归黄泉,一个有家难归,痛洒望乡之泪,可见为官作宦到底是害了自己。诗人无限感慨之后,又写道:"何如牵白犊,饮水对清流!"这两句用的是尧让君位于巢父和许由的典故。相传尧要把君位让给巢父,巢父拒绝接受;尧把君位再让给许由,许由听后跑到颍水边洗耳,认为耳朵听到这个消息受到了玷污。此时,巢父正好牵牛饮水,听说许由洗耳的原因后,认为洗耳的水受到污染,牛也不能喝,于是把牛牵到上游去饮水。多清高脱俗的两个人!巢父、许由,并非没有君临天下的机会,更不是没有为官作长的资质,但他们识透玄机,不入官场,不求功名,不沾利禄之尘浊,不失足于宦海风波,无牵无累,甘作田园之隐,全其身而远祸灾,逍遥自得,较之贾谊、班超自是另一境界,有令人羡慕之处。这四句诗,一正一反,李白终生都想从政,在此时似乎终于醒悟了。然而,牵犊饮流毕竟是李白想象中的田园乐趣,不过,诗人虽有归隐田园的情怀,却毕生没有这种举动,因为诗人到底还是一个积极用世之人,在垂老之年,他还想去投军,只是因病未能成行而已。

全诗采用用典、对比的手法,借历史作比照,流露出晚年的诗人对人生出处进退的看法。

家国之思

李白"气吞一代,目无千古",他豪放不拘、飘逸不群。清人龚自珍曾如此评价他:"李白兼具了庄子的逸世高蹈、天马行空的自由之魂与屈原孤傲中介、上下求索的倔强个性,这两种'古来不可兼'的文化性格在李白身上'聚'在了一起。"李白博览经史、广泛交游,怀抱济世理想,欲为鲁仲连,心仪谢安石。甚至晚年仍希冀发挥余热,效力家国。然而三年词臣与统治者、权贵的近距离接触又使他对现实有着清醒的认识,如此,李白浪漫着,矛盾着。自宝应元年(762)起在当涂的生活里,李白遍览山水,犹寄家国之思,直教人掩卷三叹。

自金陵溯流过白壁山玩月达天门寄句容王主簿①

沧江溯流归,白壁见秋月②。

秋月照白壁,皓如山阴雪③。

幽人停宵征,贾客忘早发。

进帆天门山,回首牛渚没。

川长信风来④,日出宿雾歇。

故人在咫尺,新赏成胡越⑤。

寄君青兰花,惠好庶不绝⑥。

【注释】

①白壁山:又名石壁山,在马鞍山市区西北部的江边,北与马鞍山为邻,南与小九华山相连,山有三峰,最高者中峰海拔165.8米。据康熙《太平府志》记载,山上有石,其状如龟,所以俗名为"龟山"。据传说,白壁山有白玉出产,后因采掘者众多,就没有玉了。此外,白壁山北峰下有一洞,洞内怪石如佛,人称"千佛洞"。白壁山今名"人头矶"。玩月:即赏玩、玩味之

意。句容：县名，西汉时设置，唐代属江南道润州，今属江苏省镇江市。主簿：县吏。据《通典·职官》："主簿……掌副事。"王主簿，此人名字不可考，只知姓王。

②见(xiàn)：通"现"，出现。

③山阴：今浙江绍兴。山阴雪，典故出自《晋书·王徽之传》，说王徽之"尝居山阴，夜雪初霁，月色清朗，四望皓然，独酌酒咏左思《招隐诗》……"

④信风：方向很少改变的风，也叫"贸易风"，即季候风。《唐国史补》："江淮船溯流而上，待东北风，谓之信风。"

⑤胡越：胡地在北，越地在南，比喻相隔遥远，不能相见。

⑥庶：连词，表示在上述情况下才能避免某种后果或实现某种希望。

【赏析】

这是李白于天宝六年(747)寓居金陵期间游览当涂白壁山后写下的一首诗。

天宝六年(747)春，47岁的李白第三次游历当涂。李白由扬州、金陵溯江而上，来到当涂。人到中年的诗人已阅历甚广，游遍名山大川，但当涂的山光水色，让他流连忘返。这首游览江山胜景兼寄友人之作就是这一时期的诗作。

全诗共十四句，可分为两个部分。第一部分自诗的开头至"日出宿雾歇"，共十句，主要写从金陵至天门山的行程及所见所感。这部分的大意是：自青苍色的大江逆流而归，行至白壁山赏玩秋月。秋日的月光照在白壁山上，如同山阴之雪般皎白令人兴发。隐逸之士停止了夜晚出行，商贾买卖人忘记了早晨出发。扬帆再行来到天门山，回头望去牛头渚已被淹没。大江长啊季风按时吹来，太阳升起夜雾消散。

诗人在这个美好的清秋之夜，从南京溯江而上，只见一轮明月洒下银辉，出现在巍峨壮观的白壁山头，月光照着峻峭的白壁山，使诗人想起了山阴的雪景，进而联想到晋代王徽之的一则故事。王徽之乘兴而来，尽兴而归，这种联想与诗人想到故友王主簿有一定的关系。接着诗人又写了在白壁山下所见之事，一为隐居之人(幽人)夜里停下了远行，一为商旅(贾客)忘却了赶早出发。用幽人"停宵征"、商贾忘"早发"，写出白壁山迷人的美景。这两句，从侧面描绘了白壁山的清奇秀美，与上两句的直接描摹白壁山,起着相辅相成、相得益彰之效果。正侧结合的描写,把白璧山写活了。

　　第二部分自"故人在咫尺"至诗的结尾,共四句,主要写怀友。这一部分的大意是:老朋友近在咫尺却未见面,不能共同欣赏奇景相隔如胡越。寄您一枝青青的兰花,愿我俩友谊长存。这一部分与上一部分衔接自然,合情合理。诗人夜出金陵,至日出时,到了归宿之地当涂。只见江风长吹,晓雾尽散,又是一个天高气爽的秋日之晨降临了!这一夜的长江之游,岂能一人独自享受?于是诗人自然想到远在句容的友人。天门山到句容,路途不算遥远,然而,虽近在咫尺,却无从邀友人前来同赏一派秋日江山新景,也许是王主簿公务繁忙,无暇出游吧。总之,咫尺之地竟化为胡越之隔了,诗人怅然的心情溢于言表。为了弥补这种缺憾,诗人只有寄赠老友青兰花。诗人寄赠青兰,乃是说彼此之交是君子之交,友情契合,交谊深厚,一如金兰,虽未能共赏山川丽景,友情却一如既往。

　　全诗以写景为主,却又不乏抒情妙笔。"幽人停宵征,贾客忘早发",是将己情移之于人,以停征、忘发言秋月白璧之景色迷人,加深对大自然美景的热爱;后四句的咫尺之叹、胡越之慨,足见李白与友人的一片深情,而寄君青兰之举、惠好不绝之想,更翻新了古诗意境,使人感觉情韵无穷。

望夫石①

　　仿佛古容仪②,含愁带曙辉③。
　　露如今日泪,苔似昔年衣④。
　　有恨同湘女⑤,无言类楚妃⑥。
　　寂然芳霭内⑦,犹若待夫归。

【注释】

①望夫石:在采石矶北面望夫山上。《太平寰宇记》:"望夫山,在太平州当涂县北四十七里。昔有人往楚,累岁不还,其妻登此山望夫,乃化为石。"

②容仪:容貌、仪表。

③曙辉:黎明时阳光的亮色。

④苔:青苔,苔藓类植物。

⑤湘女:指娥皇、女英。她俩是尧的女儿,都嫁给了舜。舜南巡而死,

葬于苍梧,二女哀伤,泪下沾竹,竹上出现斑纹,不久二女死于沅湘之间。

⑥楚妃:指春秋时息侯的夫人息妫。公元前680年,楚文王灭息国,将息妫掳去为妾,生了两个孩子,但息妫一直不说话,楚王问她为什么不说话,她说:"吾一妇人,而事二夫,纵弗能死,其又奚言!"(见《左传·隐公十四年》)

⑦芳霭:犹言"香雾"。这里写望夫石周围野花芬芳、轻云缭绕的优美环境。

【赏析】

这首诗是李白以当涂望夫山(今属马鞍山市区)中望夫石为吟咏对象的一首诗。

天宝十三年至天宝十五年(754—756),李白游遍了皖南的山山水水,在当涂停留时间较长。诗人在吟咏当涂胜景的同时,也留意于当涂的历史传说。因此,在李白的诗中除保留了当涂及周边许多山川景物外,还留下了许多与当地民间传说有关的内容。本诗就是其中的一首。古代当涂有望夫石的传说,流传甚广,这虽是一个美丽的传说,但其中浸透了平民百姓的血泪,尤其是处于社会底层的妇女的不幸。后来这个故事广为流传,许多地方都有望夫石、望夫山、望夫台,历来有不少诗人以此为题吟咏。

李白这首《望夫石》共八句,大致可分为三层。自诗的开头至"苔似昔年衣"为第一层,诗人以拟人化的手法,对望夫石的外貌、表情作了形象的描绘,为下文刻画其内心作了铺垫。诗的开头写"仿佛古容仪",古,写其年代之久远,甚至可以说是不知起于何朝何代,她历经千年风霜雨雪,而未失当年的姿容仪态。愈是仪容真切,愈是令人心酸,好端端一位良家女子,为着眺望远行的丈夫竟化而为石了!诗人又冠以"仿佛"二字,表明她的容仪已是依稀可辨,而非当年青春年华活泼动人的少妇面貌了。她双眉紧锁,愁思无涯,悲苦万千。"含愁带曙辉",诗人没有写她立在风雨中或隐没于昏暗之中,而是为她抹上一层绮丽的朝阳色彩,这自然一方面表现了诗人愿她更加美丽风致,但另一方面则是以锦绣之笔反照出她内心的无比哀愁。接下来"露如今日泪,苔似昔年衣"句写露、写苔。清晨晶莹的露珠该是明彻可人的吧,但有如挂在腮边的清泪;苔藓是斑驳陆离的,然而看去却是往日的彩衣。遥想当年,她身穿彩衣初嫁夫婿,那新婚燕尔,有几多欢愉,谁料落得个泪流满面,一腔凄苦呢!

"有恨同湘女,无言类楚妃"为诗的第二层,用了两个著名的典故。前一句言湘女之事,着重在一个"恨"事。昔日娥皇、女英因丈夫舜之死,而含恨洒泪使竹为之斑,这自然与望夫石的望夫有所区别。望夫石所望之夫,并无舜的显赫声名,虽如此,其夫去而不归,恨则相同。后一句用息妫的典故,息妫的经历虽与望夫石迥异,但在"无言"这一点上,并无不同,而且都是因为失去了自己心爱的丈夫而无言的。这两句对仗工整,用典贴切,看似信手拈来,其实是诗人将自己的不平之情移之于望夫石的结果。

"寂然芳霭内,犹若待夫归"为诗的第三层。诗人先描写望夫石所处的环境,她是在草丛与云气之间,然而她不是化作了什么仙子,倒是依旧执着不变,仍在专等丈夫归来!其忠贞之心不改,令人读来酸楚之至,真个催人泪下。

全诗写得秀美而凄苦,诗虽短却意深,读之令人掩卷三叹。

白纻辞三首①

其 一

扬清歌,发皓齿,北方佳人东邻子②。
且吟白纻停绿水③,长袖拂面为君起。
寒云夜卷霜海空,胡风吹天飘塞鸿④。
玉颜满堂乐未终,馆娃日落歌吹濛。

其 二

馆娃日落歌吹深⑤,月寒江清夜沉沉。
美人一笑千黄金,垂罗舞縠扬哀音⑥。
郢中自雪且莫吟⑦,子夜吴歌动君心⑧。
动君心,冀君赏⑨,愿作天池双鸳鸯,
一朝飞去青云上。

其 三

吴刀剪彩缝舞衣,明妆丽服夺春晖。

扬眉转袖若雪飞,倾城独立世所稀。

激楚结风醉忘归⑩,高堂月落烛已微,

玉钗挂缨君莫违⑪。

【注释】

①白纻辞:乐府古题。《乐府古题要解》:"《白纻歌》古词,盛称舞者之美,宜及芳时行乐。"白纻歌,是以吴地出产的白纻命名的。纻,指以芒麻纤维织成的布,吴地所产的麻布极好,"质如轻云色如银"。《白纻歌》配《白纻舞》,为吴地民间歌舞,后为朝廷乐府采用。梁武帝令沈约改其辞为四时之歌。

②北方佳人:《汉书》记载:李延年侍上,起舞,歌曰:"北方有佳人,绝世而独立。一顾倾人城,再顾倾人国。"东邻子:宋玉《登徒子好色赋》:"天下之佳人莫若楚国,楚国之丽者莫若臣里,臣里之美者莫若臣东家之子。……嫣然一笑,惑阳城,迷下蔡。"此句乃写舞者之美。

③绿水:古代舞曲名。

④胡风:北方吹来的风。古代称北方少数民族为"胡"。

⑤馆娃:春秋时吴国宫名,吴王夫差为西施所造。《越绝书》:"吴人于砚石山置馆娃宫。"吴人呼美女为娃。砚石山在今江苏省苏州市。

⑥罗:丝织品。縠(hú):绢。

⑦郢中白雪:宋玉《对楚王问》:"客有歌于郢中者,其始曰《下里》《巴人》,国中属而和者数千人;其为《阳阿》《薤露》,国中属而和者数百人;其为《阳春》《白雪》,国中属而和者不过数十人。"郢(Yǐng),楚国都城,在今湖北省江陵县北。《白雪》,楚国歌曲名。

⑧子夜吴歌:古乐府题名。子夜:晋曲名。相传为晋女子子夜所作,孝武帝太元中已流行。后人更为四时行乐之词,谓之《子夜四时歌》。因出吴地,故称吴歌。

⑨冀:希图。

⑩激楚结风:楚地歌曲名。《史记·司马相如列传》:"鄢郢缤纷,《激楚》

《结风》。"郭璞曰:"《激楚》,歌曲也。"颜师古注:"《结风》,亦曲名也。"

⑪"玉钗"句:司马相如《美人赋》:"玉钗挂臣冠,罗袖拂臣衣。"缨:系冠的带子。

【赏析】

这首诗是李白写下的与当涂白纻山有关的组诗,大约创作于唐玄宗开元十四年(726)之后李白漫游金陵(今江苏南京)途经当涂时期。

白纻山位于当涂县城东 2.5 千米姑溪河北岸,高 123 米,山势南高北低,形若卧狮。山中林木葱郁,山清水秀,素为览胜狩猎之所。山上旧有苍松七株,"姑孰八景"谓之"白纻松风"。

白纻山原名楚山,因东晋大司马桓温驻节姑孰时,常与僚佐携女乐登山宴游歌舞,且好为《白纻歌》,故改名为白纻山。南朝宋大明七年(463),孝武帝刘骏出猎,曾会师于此山。白纻山古迹颇多,较著名的有桓公井、挂袍石、四望亭、卧仙杯、齐云亭、兴国禅寺等,今皆不存。当年李白慕名登山,追忆前贤,所作诗篇中对白纻山多有吟咏,本诗即为其中的诗篇。

《白纻辞三首》写的是夜间宫廷歌舞的情景。文辞极其优美,却微含讽谏意味。统治国家的君王、执掌权柄的大臣,终宵歌舞,处于醉生梦死之乡,国家如何得以治理,天下安得不乱!从表面上看,这三首组诗是写尽了歌喉舞态,颇合"盛称舞者之美,宜及芳时行乐"的古意;而实质上,诗人在极写歌舞之美的笔底,奔涌着对君上与臣下的讽谏和指责。

第一首诗盛称歌者相貌美,歌声美,舞姿美。即使在寒苦的塞外、阴冷的霜夜,也给满堂听众带来无限欢乐。大意是:女子貌美如花,真如李延年所歌的《北方有佳人》那样的倾国倾城之貌,如东邻子那样貌美无双,无人能与其相比。女子轻启皓齿,便发出了曼妙的歌声。今日逢君到来,她十分高兴,为君轻轻舞动长袖,显出她轻盈的舞姿。外边夜卷寒云,秋霜浓浓,胡地之秋夜如此寒冷,唯有塞鸿飘飞到国中。在遥远的胡地逢到知己,真是件让人感到快乐的事,屋内满堂的欢快还没有终消。"扬清歌,发皓齿,北方佳人东邻子",诗人先写清声美韵之歌,紧接着便写唱歌的女子,而写美女则一句中连用两个典故,充分刻画了歌女兼舞女的惊艳之貌。"且吟白纻停绿水,长袖拂面为君起",是以古代著名舞曲《绿水》为衬,突出《白纻》胜过《绿水》,而舞蹈的优美则用了"长袖拂面"四个字,极其凝练传神。诗人并不仅仅写舞袖之长,而是"长袖拂面",这样,袖就成了一种可以使用的工具,而舞女如花似玉的面,才是描绘的重心。绝代面颜在舞袖飞动中显现出来,自然更令观者悦目醉心。"寒云夜卷霜海空,胡风吹天飘塞鸿"写舞姿的曼妙、新颖、轻盈、洒脱,说舞袖如纤云舒卷,舞女似惊鸿飘迁,写得很有神韵。诗中的"为君起",虽是轻带一笔,却应是关键所在,不是为民,也不是为国,只是为君王一人而已。诗的前五句正面描写歌者,后三句以环境反衬各种美的客观效果。

第二首诗写一位歌女舞姿优美,歌声感人。她的目的是想打动一位她所心爱的人,欲与其共结伉俪,双飞双栖。大意是:已经是日落时分,在这月寒江清的夜晚,馆娃宫中传来了阵阵哀妙的歌声。女子笑容娇美,价值千金,她舞动衣袖,唱出了哀伤的曲子。不唱郢中白雪,因为高山流水,能懂得相和的人太少了。唱的是易让人动情的子夜吴歌,希望能够得到君王的恩赏。愿与君王做天池的鸳鸯一双,同飞到青云之上。诗中的"馆娃日落歌吹深,月寒江清夜沉沉",用的是反衬法,以静衬动,表现乐声的悠扬动人。同时用了吴宫典故,吴王夫差中了越王勾践的美人计,不恤国事,日夜与美女西施游乐,终至国灭身亡,贻笑百世。在越王勾践卧薪尝胆,生聚富积,以图复国的日子里,吴王却沉酣于歌舞之中。"日落"也罢,"月寒"也罢,"美人一笑千黄金,垂罗舞縠扬哀音",吴王只知美人之笑、罗縠之舞、吴歌之音,其后果自不难逆料了。"郢中白雪且莫吟,子夜吴歌动君心",无需唱高雅歌曲,而只唱通俗民歌,以打动心上人。诗人名为咏史,实际上是写唐代人事。原来那些歌唇舞屐所企求的乃是"千黄金",即是"一朝飞去青云上"。帝王也就把民脂民膏炼成的黄金视若泥沙,一掷千金而毫不吝惜,如此治国,国家怎能治理好。

第三首诗写一位美丽的歌妓,歌舞至夜深人静时,情绪激动,歌舞节拍急迫迅疾,加之月落烛微,便与听者相拥一起,难舍难分。大意是:女子漂亮的彩色丝制舞衣是用吴地出产的剪刀裁制而成的,她明妆丽服,比今日的春光还要光彩照人。她的一举一动都是那么迷人,扬眉转袖之间,好像片片雪花在轻盈地飞舞。她的容貌真是倾国倾城,为世间所罕见。听歌的君子陶醉在她的歌声中,忘却了时间,忘记了归去。月亮已经落下,屋内烛光已微,希望君子能够在此留宿,不要辜负了她的一片痴情。诗人先从舞衣写起,道是"吴刀剪彩缝舞衣,明妆丽服夺春晖",写歌妓服装之艳丽夺晖。这会使人联想到杜甫《石壕吏》中的诗句:"有孙母未去,出入无完裙。"石壕村那个农家的媳妇,一个捐躯沙场的战士的遗孀,连一条裙子都没有。百姓如此一贫如洗,当权者却不闻不问,歌舞依旧,丽服明妆,那是一个什么世道?"扬眉转袖若雪飞,倾城独立世所稀"句写歌妓人美,神美,舞美。难怪听歌君子"激楚结风醉忘归"。"高堂月落烛已微,玉钗挂缨君莫违",不仅写了君王、舞女,还写了帝王宠幸的臣僚。美人的玉钗挂到大臣的冠缨上去了,美人的罗袖拂到大臣的身上去了,可见这场歌舞确已到了邪魔外道的地步了。皇帝与重臣一概不知南北东西,沉溺迷醉于歌舞之中,进而忘却归去,这是一种什么境地。

组诗《白纻辞三首》如果当作一般歌舞艳美之作理解欣赏,并无不可,但如能知人论世,不难从诗中看出诗人的讽喻之意。

李之仪篇

姑溪居士李之仪

当涂历史上有四大文化名人：周兴嗣、李白、李之仪、郭祥正。他们青史留名，他们的诗文也对后世产生了积极而深远的影响。

一、李之仪生平经历

李之仪（1038—1117），北宋词人，字端叔，自号姑溪居士、姑溪老农，沧州无棣（庆云县）人。他是北宋中后期"苏门"文人集团的重要成员，早年师从范仲淹之子范纯仁。熙宁三年（1070）进士，初授万全县令，后到鄜延军任职。元丰六年（1083）春回京。后随朝廷左谏大夫杨景略出使高丽。哲宗元祐元年（1086），范纯仁拜尚书右仆射兼中书侍郎，李之仪遂被任命为枢密院编修官。不久，又为原州（今属甘肃）通判。与苏轼，黄庭坚，秦观交往甚密。元祐末从苏轼于定州幕府，朝夕倡酬。元符二年（1099），上调监内香药库，御史石豫参劾他曾为苏轼幕僚，不可以任京官，被停职。徽宗崇宁元年（1102），提举河东常平。后因得罪权贵蔡京，除名编管太平州（今安徽当涂）。

二、李之仪编管太平州

早在元祐初年，李之仪擢升为枢密院编修期间，深得当朝宰相范纯仁的信任。徽宗建中靖国元年（1101），范纯仁病重，自知不起，乃传李之仪至床榻，口授《遗表》，由其笔录，呈报皇上。范纯仁去世后，李之仪又起草了一篇《行状》，详细介绍了范纯仁生前行迹及其功德。殊不知这篇《行状》便成了继范纯仁之后任宰相的蔡京所掌握的"罪证"。李之仪当时属于范纯仁一派旧党，蔡京属于新党。蔡京上台后，党同伐异，形势大变。李之仪因代范纯仁"写遗表，作行状"，所以得罪了蔡京，被蔡京大笔一挥"编管太平州"，也就是将李之仪贬谪当涂，编入太平州户籍，交由地方官吏管束。

崇宁二年（1103），李之仪时年55岁，来到当涂贬所。起初日子过得不好，家徒四壁,"萧然环堵,人不堪之",故"随地苟生"。且第一年丧子妇,第二年病悴脱死,第三年亡妻,第四年寒疾为苦。在丧偶无嗣、老益无聊的情况下,李之仪时常徘徊于姑溪河畔,得与当涂绝色歌女杨姝邂逅,使他重振生活信心,在当涂得以放怀诗酒,觞咏终日。杨姝为之弹唱古曲《履霜操》,李之仪即作《清平乐》词相赠。其后,心情逐渐转好,一面静下心来展卷读书,著书立说;一面步出家门,走进自然山水,亲近郊野田园。他游青山,逛采石,出大江,放浪于诗酒之间。或谒太白祠,访李白墓;或登蛾眉亭,望天门山;或览凌歊台,歌白纻山。他在当涂给后人留下了大量的华章佳篇。李之仪晚年曾遇赦复官,但为遂"生游死葬"之愿,决定在当涂买田置地,"与鱼鸟相浮沉以老"。大观四年(1110),他"从楚州之山阳,迁双亲之灵柩",卜葬于当涂县藏云山之致雨峰下,并将其妻胡文柔亦葬于墓旁。

三、李之仪与当涂文化名人

起初,李之仪常与隐居青山的郭祥正交往,尊他为"诗翁"。郭祥正(1035—1113),北宋诗人,字功父,自号谢公山人,又号漳南浪士,当涂人。少有诗名,梅尧臣称赞他是李白的后身。举进士后,任有多处官职,后弃官隐居于当涂青山。郭祥正比李之仪年长12岁,早年曾任保信军(治今安徽合肥)节度判官,后通判汀州,摄漳州。中途曾因"忤部使者"而被勒令停职,后复起用,旋又请老辞归。因为郭祥正一生仕途坎坷,所以李之仪对他的遭遇深表同情,两人也时有往还,并有诗酒唱和。李之仪写有《和郭功甫游采石》《次韵郭功甫从何守游白云寺》等诗,郭祥正写有《与内饮有赠》等诗。李之仪称郭祥正为"谢公山人",并以"梅老句出天地窄,曾谓山人真太白"句赞扬他。

崇宁四年(1105),著名诗人贺铸(字方回)来当涂任太平州通判。李之仪与贺铸相约游采石,登蛾眉亭,一览大江风光。贺铸兴来赋诗,首唱《天门谣》词,李之仪依韵和。此后,贺铸常邀李之仪游览当涂山水。李之仪称自己"已将身世等浮云,又向江边得故人",又云"与方回相别五六年",如今寄情江上,"粗安鱼鸟之游","折简问劳甚为勤恳"。他与贺铸来到城郊黄山,登凌歊台,贺铸借《金人捧露盘》以寄其声,李之仪作《临江仙》以寄怀。随后,他们又来到白纻山,登齐云亭,并作《题齐云亭》。贺铸写了一首《怨三三》的词,李之仪随即回了一首,又用太白韵作了一首著名的《忆秦娥·清溪咽》词。

李之仪对长眠于当涂青山的李白深怀仰慕与同情,发出"千载风流同一辙,孤坟数尺埋蒿藜。文章误人岂当日,声名虽好终何为"的感叹。又说他同李白的命运一样:"譬之花卉自开落,又如时鸟啼高低。行吟漫葬江鱼腹,鹏来空赋予何之。"他还两次为李白作《赞》,说:"举目一世空无人,当时何有高将军? 龙骞凤翥固莫群,晴天万里惟孤云。冥冥何地非埃尘,我欲从之嗟此身。"他把李白比作"龙不可手,虎不可缚,矫矫世路,彼自清浊"的百代诗人。他在漫游采石中,还联系李白骑鲸捉月和温峤燃犀照水怪的故事,十分感叹地说:"平生选胜,到此非容易。弄月与燃犀,漫劳神徒能惊世。"

四、李之仪当涂诗词的深远影响

李之仪当涂诗词是留给当涂人民丰厚的文化遗产。在当涂期间,他常以"姑溪老农"的自号创作诗文,作品形式多样,异彩纷呈。诗有古诗、律诗、绝句、词曲、挽词、青词等,文有赋、赞、铭、表、书、启、序、记、题跋、手简等,尤以诗词为工,读他的当涂诗词,犹如行走于古代当涂一幅既充满生活气息又富有诗情画意的历史长卷中,当涂大地的美丽风光、风俗民情尽收眼底。

(一)农家劳作的动人景象

李之仪的"踏歌"很多,也很好,从中可以看出那时当涂"栽桑插柳""修车浸种""麦苗如洗""鸭儿成队""东囷扫场"等农家劳作的动人景象。

(二)对当涂景观的逼真描绘

李之仪在他的诗词中,逼真描绘了当涂景观。如当涂青山,诗人写有《秋日游青山访太白墓二首》《庄居寄友人》,在表达对诗人李白仰慕的同时,也描摹了青山的秀美。如白纻山,诗人写有《题齐云亭》《题白纻山》等。如姑孰溪,诗人写词《怨三三(登姑孰堂寄旧游,用贺方回韵)》等。

(三)对江南名物的细致刻画

李之仪诗词中保留了众多的地处江南的当涂名物。如"鹧鸪""槎头鱼(鳊鱼)""百舌""竹鸡""布谷""杜鹃"等鸟,可见于其诗《偶题之绝》(其四)、《次韵东坡所和滕希靖雪浪石诗》、《宿观音寺三绝》等。

（四）对江南风俗的真实记录

李之仪的诗词中对传统节气和民俗风情都有真实记录。如他的诗词中有《端午》《和腊八日》《正旦日大雪，过秀州城外，闻乐神踏歌打鼓》《食笋二首》等。

一代词人李之仪，晚年寓居当涂，在当涂整整生活了十年，他在倾诉身处贬地的喜怒哀乐的同时，又以娴熟的文笔记下了江南风光、人情风俗，留下了大量文学作品。他所著的《姑孰居士前集》五十卷、《后集》二十卷、《姑溪词》二卷，后来都被收入了著名的《四库全书》。从某种意义上说，他的被贬，是其个人命运的不幸，却是诗家的大幸，当涂人的大幸。

李之仪词鉴赏

诗词,一诗一词。在我们的家乡当涂,诗有李太白,他是唐代杰出诗人,长眠于青山脚下;词有李之仪,他是宋代杰出词人,安睡于藏云山中。

李之仪的词成就甚高,宋人曾这样评价:长调近柳永,小令有秦观,韵味、格调含蓄隽永,婉约清丽。

李之仪在我们的家乡生活了十年,是当涂人民的善良和宽厚抚平了他受伤的心灵,是当涂的青山绿水孕育了他文学的灵气。其词作从题材、内容、语言到艺术风格、审美情趣,都打上了地处江南的当涂的自然人文烙印。他用诗词保留了古代当涂的风光与风俗人情,倾诉身处贬地的喜怒哀乐。他在当涂创作了《姑孰词》一卷,在姑溪河钓鱼台吟出了千古绝唱《卜算子·我住长江头》,它流畅清丽,朴实无华,明白如话,复叠回环,千百年来,传唱不衰。

卜算子·我住长江头

我住长江头,君住长江尾。日日思君不见君,共饮长江水。

此水几时休①,此恨何时已②。只愿君心似我心,定③不负相思④意。

【注释】

①休:停止。

②已:完结,停止。

③定:此处为衬字。

④思:想念,思念。

【赏析】

这首词据说是李之仪复官之时离开当涂写给杨姝的一首词。

《卜算子·我住长江头》双调,小令。全词为我们刻画了一个怀春女子的形象。词的上片描绘这个女子面江而思,下片表现这个女子内心的愿望。上片以长江起兴,全词大意是:我居住在长江上游,你居住在长江之尾。日日夜夜想你,却不能见你,你和我同饮这长江绿水,两情相爱相知。悠悠不尽的江水什么时候枯竭,别离的苦恨,什么时候消止。只希望你的心如我的心一样相守不移,就一定不会辜负这互相思念的心意。

词的上片开头两句,一句说"我",一句说"君",构成文句上的重叠复沓,诗意上的相对相映。一住江头,一住江尾,既显空间距离之远,又蕴相思情意之长。两句两叹,我们仿佛感触到了主人公深情的思念和伤感,而一个在遥隔中翘首思念的女子形象,也在此江水悠悠、千山重障的背景下呼之欲出了。词的三、四两句,是从前两句自然引出的。江头江尾万里遥隔,当然就会天天望江水,"日日思君"来,而"不见君"又是非常自然的了,山水阻隔的路又岂是那么容易跨越的?这一句是全词的主干。当然,词人这里所说的"江水"也许是一种隐晦,男女主人公也可能并不是阻于山水,而是被其他的因素所阻,如父母的反对,身份地位的不相称,家族势力或世仇,等等。虽然彼此不相见但想到同住长江之滨,"共饮长江水",女主人公的内心又感到了一点安慰。这"共饮"一词,反映了人物感情的波澜起伏,使词情分外深婉含蓄。

下片以"此水几时休"呼应上片的"长江头""长江尾""长江水","此恨何时已"呼应上片"思君"的句子,过片换头,仍紧扣长江水,承"不见"进一步抒写别恨。长江之水,悠悠东流,不知道什么时候才能休止,自己的相思离别之恨也不知道什么时候才能停歇。用"几时休"表明主观上祈望恨之能已,"何时已"又暗透客观上恨之无已。江水永无休止之日,自己的相思隔离之恨也永无消止之时。此处在风格上有所变化,上片是民歌、民间词的直率热烈,重言错举,而此处变成了文人词的深挚婉曲,简约含蓄,从客观上看,这符合人物情感发展的节奏。如果说在前面"长江头""长江尾"的叹息中,有女主人公的不满和迁怒的话,"共饮"的安慰已平息了内心的冲动,女主人公的表情变得平和,内心开始宁静,这时已开始进行着冷静的思考。现实的困难是无法改变的,那么自己也该安慰自己一下吧,于是"只愿君心似我心,定不负相思意"便自然而生。恨之无已,正缘爱之深挚。"我心"既是江水不竭,相思无已,自然也就希望"君心似我心",定不负我相思之意。"江"的阻隔虽不能飞越,"共饮长江水"的两颗挚爱心灵却能一脉遥通。这样一来,单方面的相思便变为对对方的期许,无已的别恨便化为永恒的相爱与期待。这样,阻隔的心灵便得到了永久的滋润与慰藉。从"此恨何时已"翻出"定不负相思意",是感情的深化与升华,也是一种理智的反思和顿悟。

全词以长江水为贯串始终的抒情线索,具有民歌的风味,明白如话,复叠回环,同时又经过诗人的提高和净化,具有文人词构思新巧、深婉含蓄的特点。

临江仙·登凌歊台①感怀

偶向凌歊台上望,春光已过三分。江山重叠倍销魂。风花飞有态,烟絮坠无痕。

已是年来伤感甚,那堪旧恨仍存。清愁满眼共谁论。却应台下草,不解忆王孙。

【注释】

①凌歊台:南朝宋孝武帝曾建避暑离宫于此。实际上,凌歊台并不很高(据《太平寰宇记》载仅高四十丈),只因周围平旷,才望得很远。

【赏析】

这首词作于李之仪生活于当涂期间的某年春天。

宋徽宗初年,李之仪因替范纯仁草《遗表》获罪,被编管太平州(今安徽当涂),曾常到凌歊台游览。凌歊台,南朝宋孝武帝曾建避暑离宫于此。陆游《入蜀记》说:凌歊台"南望青山、龙山、九井诸峰,如在几席。北户临和州新城,楼橹历历可辨"。李白有《凌歊台》诗云:"旷望登古台,台高极人目。叠嶂列远空,杂花间平陆……"

李之仪的这首词就是登此台远望之所得的咏怀词,目的在于借景发挥,借登凌歊台以抒发内心的感慨。

上片写景。"偶向凌歊台上望,春光已过三分。江山重叠倍销魂。"首句用"偶向"二字,透露出词人平时幽居抑郁的心情。李之仪被编管太平州时已六十多岁,由于政治上的压迫,已无兴致经常登高览胜,虽身在江南,心犹念汴京和远在山东无棣的家乡故土。登高以眺远,难免引起万千感触。但词人仅用"春光已过三分"一句概括他种种思绪,把无穷的空间感化作有限的时间感,从而收到含蓄蕴藉的审美效果。"销魂"一词,兼有极度高兴和极度伤心两方面的含义。眼见江山多娇,自然而生喜爱之情,但山重水复,汴京不见,又难免兴去国之愁。诗人把这种种复杂的感受熔铸于景物的描写之中。"风花飞有态,烟絮坠无痕"句用的是比兴手法。飞花、坠絮,本是自然形态的东西,但经过诗人的渲染,便都变成了含情物。飞花,指他人乘风直上,舞态翩跹,得意非常;坠絮,喻己身之遭谤被逐,堕地沾泥,了无痕迹。此两句真可谓用"刚健婀娜之笔"抒写了"婉转慷慨之情"。

下片抒情,点明题意:"已是年来伤感甚,那堪旧恨仍存。清愁满眼共谁论。"这里至少包括四层意思:第一层,"伤感甚",指以往岁月里所遭受的政治打击。第二层,"那堪旧恨仍存",意味着此刻、此后仍然"旧恨"绵绵。这样,意思便深了一层。第三层,"清愁",当指目前所触起的新愁。词人在"愁"字下加用"满眼"一词,便使人觉得愁如春天的游丝弥漫空际。至于愁些什么,词人并未明言,因此给读者留下了想象空间。第四层,"共谁论",进一步表明诗人决然独处,竟无人可为解愁。"却应台下草,不解忆王孙"中的"却"可作"岂"解,"却应"即"岂应"。词人目睹凌歊台下春草丛生,很自然会联想起淮南小山《招隐士》中"王孙游兮不归,春草生兮萋萋"的著名诗句。但李之仪这里的"王孙"指的不是别人,而是自己。按理说,春草绿了,该是回归之时,但自己被编管太平州,限制居住地,受地方官管束,欲归且不可得。词人把这股怨恨归咎于春草的不解相忆,表面看是很无道理的,但从深层次着想,词人究竟该怨谁呢?看来又不便明言。只好托之芳草,词人用比兴手法隐约言之。词人把归乡不得的怨恨归咎于春草的不解相忆,实乃貌似无理却至情的说法。

这首词长于淡语、景语、情语,体现了李之仪小令清婉、峭蒨的特点。

玉蝴蝶①

九月十日,将登黄山②,遽为雨阻,遂饮弊止。陈君俞③独不至,已而以三阕见寄,辄次其韵。

坐久灯花开尽,暗惊风叶,初报霜寒。冉冉年华催暮,颜色非丹。搅回肠、蛩吟④似织,留恨意、月彩如摊。惨无欢,篆烟萦素,空转雕盘。

何难。别来几日,信沈鱼鸟⑤,情满关山⑥。耳边依约,常记巧语绵蛮。聚愁窠、蜂房未密,倾泪眼、海水犹悭。奄更阑,渐移银汉,低泛帘颜。

【注释】

①玉蝴蝶:小令始于温庭筠,长调始于柳永。《乐章集》注"仙吕调"。一名《玉蝴蝶慢》。

②黄山:见《登黄山凌歊台送族弟溧阳尉济充泛舟赴华阴》注。

③陈君俞:当涂文士。

④蛩吟:蟋蟀吟叫。宋柳永《倾杯乐》词:"离绪万端,闻岸草,切切蛩吟如织。"

⑤信沈鱼鸟:使用这个典故来说明友人陈君俞的书信久久不至,表明词人对友人的怀想之切。鱼鸟:指梦境。语本《庄子·大宗师》:"梦为鸟而厉乎天,梦为鱼而没于渊。"宋梅尧臣《和原甫早赴紫宸朝待旦假寐》:"烛房犹照衣冠上,漏舍欲为鱼鸟间。"

⑥关山:源自汉乐府《关山月》,用以描述亲人离别的伤痛之情。

【赏析】

《玉蝴蝶》作于崇宁三年(1104)李之仪编管太平州后。

这首词写于李之仪来到当涂的第二年。此时,李之仪在当涂的处境非常悲惨,第一年儿媳妇去世,第二年自己病倒了。词有小序:"九月十日,将登黄山,遽为雨阻,遂饮弊止。陈君俞独不至,已而以三阕见寄,辄次其韵。"这里的"黄山"即为当涂的小黄山。

这首词分为上下两片,全词笼罩着一种悲凉沉痛的气氛。

上片以灯花、落叶、寒霜、蛩吟、月彩、篆烟、雕盘等意象,构成了一幅声色俱凄的秋夜图。"坐久"与"花开尽"相印证,突出词人独坐已久。是什么事萦绕在他心中,不觉让人叹问。"冉冉年华催暮,颜色非丹",孤坐灯下被时光催得须发皆白的老者,正如这灯烛一样在凄风中难以挺直那瘦弱的身躯。而门外在枝头挣扎的片片秋叶也忍受着寒风和岁月的摧残。岁月催人老,风雨使人衰,在早已知天命的年纪被朝廷遗弃,又有几人会没有感怀。"搅回肠、蛩吟似织",繁密的蛩鸣使愁绪由形而声,视觉到听觉的转换使愁味更浓。"留恨意、月彩如摊",如摊的月彩勾画出朗月当空之美景,可"留恨意"的倾诉,却可惜了这普照大地的明月。心中有千般愁,良辰美景也难赏。而这种"惨无欢"的状态正是词人遭遇的写照。因为此时的词人得罪了当朝奸相蔡京,蒙冤下狱,随后又被编管太平州。多才而正直的词人面对这种不公正的待遇自然愁绪难遣。"惨无欢,篆烟萦素,空转雕盘",在一片凄凉迷蒙之中,篆烟也显得如此孤寂,围着雕盘徒然空转,此时的词人也许觉得自己就如同这飘渺的青烟一样,轻飘无力,而无法改变现实的苦闷全承载于一"空"字。词人融情于景,将愁情借摇曳之灯花、零落之秋叶、如织之蛩鸣、空转之篆烟巧妙地表达出来,形声兼备。而无心欣赏洒满秋夜的月华,更能反衬出愁之沉重。

下片倾述离情别意。"何难。别来几日,信沈鱼鸟,情满关山","一日不见,如三秋兮",《诗经》上动人的诗句犹在耳边,而此时离别时间虽不长久,但已让词人煎熬难耐。俯身盼鲤鱼,仰首望飞鸿,天各一方的人儿在那"鱼鸟"上寄托了多少相思和期盼啊,可怎奈却断了音信,思念之情已溢满关山,词人用夸张手法将积聚在心中的愁绪倾吐出来。而昔日之绵蛮巧语竟依约在耳边响起,但这种温暖仅如镜中月、水中花,词人终将从虚幻中回到现实。"聚愁窠、蜂房未密,倾泪眼、海水犹悭",两个比喻句写出了自己的愁苦。"蜂房"突出愁之密之多,"海水"突出愁之广之深,而"未密""犹悭"则在比较中将愁绪加倍。孤寂的词人独坐一室,任凭星汉渐移,时光渐逝。整首词在低垂的帘幕中结束,而词人无尽的愁绪则弥漫在整个秋夜。

这首词重视铺叙展衍,上片采用的是借景抒情、融情于景的间接抒情,下片则运用了直接抒情方式,表达诗人深切的愁苦之情。

怨三三[①](登姑孰堂寄旧游,用贺方回韵)

清溪一派泻揉蓝。岸草毵毵[②]。记得黄鹂语画檐。唤狂里、醉重三[③]。
春风不动垂帘。似三五、初圆素蟾。镇泪眼廉纤。何时歌舞,再和池南。

【注释】

①怨三三:怨三三调见李之仪《姑溪词》,取李词中"醉三重"之意为词

调名。双调五十字,前片四句、后片五句皆平声韵。

②鬒鬒(sānsān):指毛发、枝条等细长披拂、纷披散乱的样子。

③重三:即三月初三,古代称这天为上巳节。过上巳节,青年男女往往结伴游春,缔约定情。现在在我国某些地区和某些民族中,三月三仍然是青年男女的爱情节日。

【赏析】

这是李之仪来到当涂第三年后写下的一首词。

来当涂的第一年儿媳去世,第二年自己生病也是死里逃生,第三年妻子胡文柔、儿子李尧行相继去世。由初来当涂的一家人而变得形单影只,诗人处境可谓悲惨。崇宁四年(1105),贺铸奉命来当涂,任太平州通判。李之仪与贺铸早在元祐八年(1093)就在京师相识。与旧友相聚,李之仪自然十分高兴,之后李之仪常邀贺铸游赏当涂山水,两人因此有很多唱和之作。据说《怨三三》就是二人在游览姑溪河畔的姑孰堂时书写的作品。

这首词上片写清溪、岸草、黄鹂,一片大好春景。"清溪一派泻揉蓝。岸草鬒鬒"句写潺潺流动的溪水,声音悦耳;岸边细长的春草,姿态柔软。眼前这撩人的春色不觉让词人回到以前那个美好的日子。词人在"记得黄鹂语画檐"句中的"语"字,运用了拟人的手法,将黄鹂悦耳的鸣叫变成懂人心思的知心话。不解人情的黄鹂竟在那日成了和我谈心的朋友,由此可见那是一个让词人难以忘怀的甜美日子。"唤狂里、醉重三"中的"重三"即三月初三,古代称这天为上巳节。过上巳节,青年男女往往结伴游春,缔约定情。是什么样的佳人,让词人欣喜若狂,犹如喝了美酒般陶醉呢?词人以己之痴态引发读者之想象。

下片转写佳人,以佳人之态突出相思之意。"春风不动垂帘。似三五、初圆素蟾",春风如这愁绪般沉重,竟无力到吹不开帘幕,更何谈吹开佳人紧锁的眉头。抬头凝望,好似十五夜晚的月亮遥挂苍穹,多么美好的月夜呀!"镇泪眼廉纤。何时歌舞,再和池南",这初圆的月亮啊,竟让佳人情难自禁,眼中之泪如廉纤小雨而下,心中期盼着下一次的欢乐相聚,到时一定会为心中之人再次蹁跹歌舞。"再和池南",留有多少美好记忆的池南啊,何时可以故地重游,故人再见? 全词结束于在为你歌为你舞的美好期盼中,不觉让人浮想联翩。佳人望月生愁,泪眼蒙眬中又沉浸在回忆的甜蜜里,而这甜蜜中又夹杂着不得相见的忧愁,词人对情感的把握细腻而真切,摇曳而生姿。

本词上片由眼前之春色即景生情,回忆以往欢乐的日子;下片借写佳人突出相思之浓。词人从两方入笔,把相思之情加倍,把过去的陶醉和如今的相思同时呈现给读者,用反差的画面打动人心。

满庭芳(八月十六夜,景修咏东坡旧词,因韵成此)

一到江南,三逢此夜,举头羞见婵娟①。黯然怀抱,特地遣谁宽。分外清光泼眼,迷溟漾②、无计拘拦。天如洗,星河尽掩,全胜异时看。

佳人,还忆否,年时此际,相见方难。谩③红绫偷寄,孤被添寒。何事佳期再睹,翻怅望、重叠关山。归来呵,休教独自,肠断对团圆。

【注释】

①婵娟:形容月色明媚或指明月。

②溟漾:荡漾。

③谩:不要。

【赏析】

《满庭芳》作于崇宁五年(1106),即词人编管太平州的第三年。

由词句开头"一到江南,三逢此夜",可作此推断。三年来,李之仪遭受了人生的重创,由蒙冤削职,到家庭经历变故,可谓形影相吊,茕茕孑立,自然是黯然神伤。

上片重在写景,主要写词人抬头所见的那一轮高悬天空的朗月,和淹没于月光中黯然神伤的词人。"一到江南,三逢此夜,举头羞见婵娟"句,写自己来到江南已经三个年头,度过了三个中秋之夜。又值中秋,可自己却羞见婵娟,原因是"黯然怀抱",因此,愁闷难以排遣。十五的月亮十六圆,所以今晚的月光会"分外清光泼眼,迷溟漾、无计拘拦",多么自由多么逍遥的月色呀! 可词人自己呢?"天如洗,星河尽掩,全胜异时看",天空一碧如洗,月光普照天地,倾泻无余,连银河也被月光所掩,如此朗月全然胜过他时所见。在上下、远近、明暗的反差中突出此时此刻、此情此景中那形单影只的落寞词人形象。

下片写对月怀人,而转从佳人落笔。"年时此际,相见方难",虽说是千里共婵娟,却不能相见欢。正因为相见难,只好将相思之意全寄托于"红绫",也许是期许对方可以睹物思人,犹感余温,但孤独之寒气已侵袭全身,本来能够让人温暖的被子却徒增寒冷。"谩红绫偷寄,孤被添寒",词人用这种违反常理的描述来凸显佳人备受相思之苦煎熬的状态。"何事佳期再睹,翻怅望、重叠关山"几句的意思是:相见难啊,佳期如梦,让人期盼,可这种痴盼却被重叠的关山无情地阻挡,留下的只有佳人那怅惘的双眼和孤独的身影,多么让人爱怜啊!此时此情,全为实感。这无情的重叠关山,就像王母娘娘划出的银河,不知阻隔了多少有情人。"归来呵",这难抵相思的佳人终于勇敢地喊出了这在心中想过千遍万遍的话,"休教独自,肠断对团圆",如此直白如此真切的呼喊是最能打动人心的。"肠断对团圆"则在反差中直抵中国人心中最在乎也是最脆弱的一面——团圆。古往今来有多少痴心女子在忍受着月圆人不圆的煎熬,那皎洁的月光要闪耀多少苦涩的泪水,能大胆地对月呼喊"归来呵,休教独自,肠断对团圆"的又有几人,多么动人的佳人形象啊!词人借佳人之口把埋在自己心底的相思来了个酣畅淋漓的抒写,明写佳人而实写自己,词人的真性情可见一斑。

十五的月亮十六圆,词人触景生情,融情于景,浮想联翩,直抒胸臆。此景此情,感人至深。

蓦山溪

晚来寒甚,密雪穿庭户。如在广寒宫,惊满目、瑶林①琼树②。佳人乘兴,应是得欢多,泛新声,催金盏③,别有留心处。

争知这里,没个人言语。拨尽火边灰,搅愁肠、飞花舞絮。凭谁子细,说与此时情,欢暂歇,酒微醺,还解相思否。

【注释】

①瑶林:玉林。泛指仙境。

②琼树:仙树名。

③金盏:酒杯的美称。

【赏析】

本词是李之仪编管太平州期间所作。

全词分上下两片。

上片写自己由现实之境恍入虚幻的欢乐之境。"晚来寒甚,密雪穿庭户"句,写晚来下雪,雪大风紧。词人巧妙地用"密"突出雪大;而"穿"字则表现出雪借风势横扫庭院的凛冽,虽未写风,但风势已足,场面如在眼前。"如在广寒宫,惊满目、瑶林琼树",为何而"惊",想必是这天地突然就变得白茫茫一片,让词人产生如入广寒宫的幻觉,而这又呼应了开头的"晚来寒甚,密雪穿庭户"的描写。在短暂的惊叹之后,词人已被眼前的"瑶林琼树"所吸引,更忘却了寒冷。觉得应与佳人乘兴奏乐畅饮,不让这好景轻去,"泛新声,催金盏",当是多么逍遥之态,高唱"新声",兴致高才会有新曲,感情欢才会把旧抛。把酒言欢,频举金杯,当是多么富贵奢华的酒宴,当是多么纵情恣肆的豪饮。然而觥筹交错之际的"别有留心处",已让我们感到了乐极悲来的寒气。

下片写诗人又回到孤独的现实。写自己被编管的孤独,以及内心的痛苦。"争知这里,没个人言语"句,写立转之意虽已预料到,但未免太快太急,以至于我们读者都一下无法接受"没个人言语"的冷寂现实。由此可感词人那怅然若失之状。"拨尽火边灰",百无聊赖,才会拨弄炉灰,而"尽"字既暗示了词人呆坐炉边时间之长,又预示着面对现实的苦痛时刻必将到来。"搅愁肠、飞花舞絮",眼前的漫天飞雪不再是月宫中的一道美景,却成了翻搅词人肝肠的利刃,愁肠早已百结,现在又要忍受翻搅,词人的痛苦、落寞可想而知。"凭谁子细,说与此时情",更大的痛苦接踵而至,那就是竟无人可以诉说此情,"更与何人说"的苦痛是煎熬内心的毒药。"欢暂歇,酒微醺",也许美酒是最好的解药,但举杯消愁愁更愁,喝得酩酊大醉也许可以暂且了却心中愁苦,但"微醺"的词人在半醉半醒之间却已了无兴致,暂歇其欢,本是必然,要想再续欢乐,已是难上加难,因为无人来解相思意的现实已摆在眼前。

本词由眼前实景进入虚幻之境,又由欢乐虚境回到孤独现实,时空变换,情感起落,让人不禁随着词人时而高兴时而低落。

忆秦娥（用太白韵）

清溪咽。霜风洗出山头月。山头月。迎得云归，还送云别。

不知今是何时节。凌歊望断音尘绝①。音尘绝。帆来帆去，天际双阙②。

【注释】

②凌歊：即凌歊台。

③双阙：古代宫门前两边供瞭望用的楼，代指帝王的住所。

【赏析】

这是李之仪写于当涂的一首写景抒怀的小词。

崇宁四年（1105），著名诗人贺铸（字方回）来当涂任太平州通判。李之仪与贺铸交往频繁，经常相伴出游，酬对奉和。贺铸写了一首《怨三三》的词。李之仪随即回了一首，又用太白韵题了这首著名的《忆秦娥》词。

全词分上下两片。上片写景。词人写了清溪、霜风、山月以及山月下随风飘动的流云。"清溪咽"句，用一个"咽"字，传出了"清溪"哽咽的声音。"咽"字的运用，采用了以动衬静的手法，让人更觉其静的同时，也感受到了其中一丝悲凉的意味。"霜风洗出山头月"句，用个"洗"字，好像山头月是被"霜风"有意识地"洗"出来的，这个"洗"字，也使山月更加皎洁。山高月小，霜风斜峭，再配上哽咽的流水，给人以如置空谷、如饮冰泉之感。"霜风"句中，暗藏一个"云"字：无云则山月自明，无须霜风之"洗"。换句话说，山月既须霜风"洗"而后出，则月下必有云遮。这样上片结句中"云归""云别"的出现就不显突兀。迎、送的主语是"山月"，一迎一送，写出了月下白云舒卷飘动的生动形象。"迎得云归，还送云别"两句，又将"霜风"的"风"字暗暗包容句中。云归云别，烘云托月，使皎洁的山月，更见皎洁。上片写景如画，幽静深美。

下片，词人触景生情，怀念帝乡之感油然而生。下片以"凌歊望断音尘绝"句开头。从"凌歊"一词看，李之仪写这首词的时候，盖太平州编管之中。"凌歊"，即凌歊台，因山而筑，南朝宋孝武帝曾登此台，并筑离宫于此，遗址位于今当涂县西，为当地名胜。李之仪在当涂时，居于姑溪河畔，思想上是苦闷而消极的，且僻居荒隅，远离朝廷，更见悲苦。"望断"句，首先是

"望",表面上是诗人在遥望远景,但又何尝不是诗人内心对朝廷有所期盼的体现。一个"断",一个"音尘绝",可见诗人的失望与怅惘。紧接着再用一个"音尘绝",采用重音叠词,使这种情感变成深沉的感喟。"帆来帆去,天际双阙"两句,既有实写,也有虚写。实写看到长江之上,舟来船往;虚写"天际双阙"。"双阙",古代宫门前两边供瞭望用的楼,代指帝王的住所。"天际"一词,暗示了词人盼望帝京之切。据"双阙"一词来看,词人仍未忘朝廷。从下片看,词人仍把国事系于心头,盼望朝廷下诏起用,表现出了一种积极用世的心态。

全词音韵优美,节奏感强。在如画的美景中,仍隐约可见词人盼望被朝廷重新起用的愿望。

临江仙（景修席上再赋）

难得今朝风日好,春光佳思平分。虽然公子暗招魂。其如抬眼看,都是旧时痕。

酒到强寻欢日路,坐来谁为温存。落花流水不堪论。何时弦上意,重为拂桐孙①。

【注释】

①桐孙：桐树新生的小枝,这里指琴。

【赏析】

这首词是李之仪编管太平州期间写下的一首词。

这一时期李之仪经历政治上和生活上的双重打击,孤独与愁苦是其情感的主色调。

全词分为上下两片。上片写风和日丽的时节"春光"勾起了"佳思",但难掩内心的忧伤。"难得今朝风日好,春光佳思平分",起句兴致盎然,"难得"道尽风日好的可贵,似要写足春光,尽书兴情。"春光"勾起了"佳思",抑或"佳思"点亮了"春光","平分"一词,词人将抽象的情景相生进行了具体化从而变得可衡量,把无穷的空间感化作有限的时间感,自然贴切,生动形象,收到含蓄蕴藉的审美效果。"虽然公子暗招魂。其如抬眼看,都是旧时痕"，承前"佳思"，一改起始的兴致满怀，落笔"公子"暗生相思，或许是满目的春光勾起的吧。"旧时痕"是说此处难得好风日都是旧时的痕迹，可见"佳思"并未改变什么，眼前美景与往日之景并无不同。

下片写词人想借酒寻欢，但难掩孤独与凄楚，只能寄情琴瑟，一解千愁。"酒到强寻欢日路，坐来谁为温存。落花流水不堪论"，把酒寻欢一扫相思之苦的确是种不错的选择，但一"强寻"足见其徒劳，难得曾经的欢愉。谁还可以宽慰安抚冷落的心？带着凄楚的心情向室外看去，落花流水更平添了伤感。"何时弦上意，重为拂桐孙"中的"桐孙"，即琴。词人表达了这样的感慨，当情到难堪之处，只能寄情于琴瑟，借此一解千愁。

全词基本采用直抒胸臆的手法，层层渲染了心中的愁苦。

江神子

今宵莫惜醉颜红①。十分中。且从容。须信欢情，回首似旋风。流落天涯头白也，难得是，再相逢。

十年南北感征鸿②。恨应同。苦重重。休把愁怀，容易便书空。只有琴樽堪寄老，除此外，尽蒿蓬。

【注释】

①醉颜红：醉意醺醺脸通红。

②征鸿，意为"远飞的大雁"，古人常利用它们寄寓自己的情怀。

【赏析】

这是李之仪写于当涂的一首词。

词人本是沧州无棣（今山东庆云县）人，但因编管太平州来到当涂，"流落天涯头白也""十年南北感征鸿"即是词人在此时此地的感慨。

全词分上下两片。上片多角度地申述自己应当以今宵痛饮、及时行乐来释怀。词人围绕"莫惜"展开，畅言今宵要拼命痛饮。"十分中"言尽情尽兴毫无保留，"且从容"放下琐事只为痛饮。为什么要这样呢？词人用"须信欢情，回首似旋风。流落天涯头白也，难得是，再相逢"作了回答。其一，欢情难留，转瞬即逝如旋风；其二，重逢难得，同为天涯流落之人，且都年事不浅。语速急促,一气呵成。

下片感慨过往。"十年南北感征鸿。恨应同。苦重重"句,写友人之间都经历十年的漂泊,饱尝各种遗恨苦楚,彼此都能感同身受。"休把愁怀,容易便书空。只有琴樽堪寄老,除此外,尽蒿蓬"几句,是说满腹愁怀不能轻易地道尽,只有琴与酒才能寄托终生,而除此之外的一切都若蒿蓬不值一提。本片词人是向友人倾诉衷肠,在诉说心中愁恨的同时,也表达了寄情"琴樽"以了此生的感受。而这种情绪,恰恰是词人政治上遭受打击后的一种郁闷与不满。

全词传达出词人消沉低迷及时行乐的思想。

蓦山溪(少孙咏鲁直长沙旧词,因次韵①)

青楼薄幸②,已分终难偶。寻遍绮罗间,悄无个、眼中翘秀③。江南春晓,花发乱莺飞,情渐透。休辞瘦。果有人相候。

醉乡路稳,常是身偏后。谁谓正欢时,把相思、番成红豆。千言万语,毕竟总成虚,章台柳。青青否。魂梦空搔首。

【注释】

①次韵:旧时古体诗词写作的一种方式。按照原诗(词)的韵和用韵的次序来和诗(词)。次韵就是和诗(词)的一种方式,也叫步韵。

②薄幸:薄情;负心。

③翘秀:杰出的人才;出类拔萃。

【赏析】

这是李之仪写于当涂的一首和词。

崇宁元年(1102),黄庭坚被任命为太平知州,来到当涂。第二年,李之仪因编管太平州也来到当涂。李之仪与黄庭坚等"苏门四学士"有过交往。词中的鲁直即黄庭坚,好友黄庭坚曾作《蓦山溪》(赠衡阳妓陈湘)表达对风尘女子陈湘的爱慕之情。少孙何许人,不可考。此词是依黄庭坚原作的词韵而作的和词。

全词分上下两片。上片主要写对好友的宽慰。"青楼薄幸,已分终难偶",词作开篇直接指出好友故事的结局"终难偶",并且用"薄幸"点出好友当初的一片痴情实在不值。"寻遍绮罗间,悄无个、眼中翘秀。江南春晓,花发乱莺飞,情渐透"几句,极言当年的所谓佳人已遍寻不着,情已伤透。点染出江南春景的恣意,意在用景的勃发迷乱来写情乱。"休辞瘦。果有人相候"句,意思是说,不要说消瘦,果真有佳人守候。这是对朋友的宽慰,其实也是暗含劝勉,告诉友人果真有佳人倾慕就是为伊消得人憔悴也是值得的,言外之意是现在你的痴情不值。

下片主要写告诉友人不要沉迷于薄情,徒增烦恼。"醉乡路稳,常是身偏后"句写一个生活常识:把酒沉醉方能抛却所有烦恼,但常是时过境迁才明白这个道理。词人用这个道理告慰朋友也是在提醒自己。"谁谓正欢时,把相思、番成红豆。千言万语,毕竟总成虚,章台柳。""章台"本为战国秦之宫殿,后人又以章台为歌妓聚居之处。后世诗人,常以"章台"与"柳"连用。此五句写友人看不透人间薄情,执意沉迷。"青青否。魂梦空搔首",最后只得以友人青春不再来警示友人,并告诫此情无果只得徒生烦恼。

全词明为宽慰友人、劝勉友人,实也是在告诫自己。词人作为一个曾经为官的文人,本当为朝廷出力,为国尽忠,以实现自己的人生价值,但遭逐被贬,只能"青楼薄幸",实为人生悲哀。

清平乐（听杨姝琴）

殷勤仙友。劝我千年酒。一曲履霜①谁与奏,邂逅②麻姑③妙手。
坐来休叹尘劳。相逢难似今朝。不待亲移玉指,自然痒处都消。

【注释】

①履霜:古曲《履霜操》。

②邂逅:指不期而遇或者偶然相遇。

③麻姑:又称寿仙娘娘、虚寂冲应真人,中国民间信仰的女神,属于道教人物。这里指杨姝。

【赏析】

这是李之仪写当涂歌女杨姝的一首词。

　　写作时间大约在李之仪编管太平州之后的前几年。崇宁二年(1103)，李之仪来到当涂贬所。起初日子过得不好，家徒四壁，"萧然环堵，人不堪之"，故"随地苟生"。且第一年丧子妇，第二年病悴脱死，第三年亡妻，第四年寒疾为苦。在丧偶无嗣、老益无聊的情况下，李之仪时常徘徊于姑溪河畔，得与当涂绝色歌女杨姝邂逅，使他重振生活信心，在当涂得以放怀诗酒，觞咏终日。杨姝为之弹唱古曲《履霜操》，李之仪即作《清平乐》词相赠，由是心情逐渐转好。杨姝，红尘女子，不为金山玉谷所动，心甘情愿地嫁给了身处逆境的李之仪，成为他的第二任妻子，并为他生了两个孩子。

　　全词为分为上下片。

　　上片主要写在朋友欢宴之时，赞美杨姝及其琴声的美妙。词的开头"殷勤仙友。劝我千年酒"句，用简洁近似白描的笔墨，描画出与朋友欢宴的情景。"千年酒"极言酒美，殷勤相劝，足见盛情。酒宴气氛之热烈，用笔之省，为杨姝弹琴渲染气氛留足笔墨。"一曲履霜谁与奏。邂逅麻姑妙手"，"一曲履霜"即《履霜操》曲。当年，西周名臣、南皮人尹吉甫功勋卓著，而他的儿子伯奇却遭受了不公正的待遇。伯奇被后母陷害而被放逐，他晨朝履霜，自伤见放，忧愤之下作《履霜操》。来自词人家乡的《履霜操》正暗合了词人被贬太平州的处境，又勾起了乡思，怎能不拨动他的心弦？强烈的共鸣自然勾起了词人相识的欲望，想一识演奏者庐山真面目。李之仪向歌女望去，只见她花容月貌，素指纤纤，仿佛家乡神话中那位美丽而又能医治百病的麻姑降临世间。

　　下片主要写见杨姝及听杨姝弹琴的惊喜感受。"坐来休叹尘劳。相逢难似今朝"，"今朝"是抑郁寡欢、身体患病的时候；"相逢"是说与杨姝初次相见，这些心中的郁闷都已淡去，产生别样的感受。词人用含蓄的笔墨在写对杨姝的心仪。不再感叹一路走来的艰难，相逢平添惊喜，萍水相逢，却能给李之仪如此的感慨，足见其内心的悸动。"不待亲移玉指，自然痒处都消"，再加之音乐的感染，顿时，身体的不适、心中的块垒，全部得以消解。

　　全词畅快淋漓，一气呵成。词人抒写了初见杨姝的惊喜以及听杨姝弹琴的美妙感受。

清平乐（再和）

当时命友。曾借邻家酒。旧曲不知何处奏，梦断空思纤手。
却应去路非遥。今朝还有明朝。谩道①人能化石，须知石被人消。

【注释】

①谩道：休说；别说。

【赏析】

这首词是李之仪在写作《清平乐（听杨姝琴）》之后的"再和"之词。

李之仪在邂逅杨姝之后，念念不忘。然而，李之仪毕竟是戴罪之身，杨姝则是当涂著名歌伎，追求她的达官贵人数不胜数。李之仪的心情十分矛盾，只能赋词排遣心中的相思。这首词可以说是词人发自肺腑的爱情宣言。

全词分为上下片。

上片主要写回忆杨姝弹琴，表达对杨姝的思念。词的开头用"当时命友。曾借邻家酒"句回忆曾经相识的一幕，感慨万千，佳人雅乐相伴不觉酒阑而兴致正高，向邻居借酒。现在回想起来，温馨而别有一番趣味。"旧曲不知何处奏，梦断空思纤手"句，写时过境迁，往日历历在目，再也无处寻觅那样扣人心弦的音乐，只得在梦里思念那弹琴的人儿。

下片主要写词人对杨姝的向往与对其坚贞的表白。"却应去路非遥。今朝还有明朝"句，写词人只能将苦苦的思念化作空间的"非遥"和时间的"还有"，足见对佳人的向往没有消沉，燃起希望，渐起热烈的激情。"谩道人能化石，须知石被人消"，《太平寰宇记》卷一〇五《太平州·当涂县》载："望夫山，县西四十七里。昔人往楚，累岁不还，其妻登此山望失，乃化为石。"人化石，意在对爱情的忠贞，"石被人消"坚贞尤甚。词人化用典故，用"谩道""须知"强调，借以表达爱情的坚贞。

整首词语言清新平易，情意深切自然，内蕴丰富广阔。这是词人写给杨姝的热烈的爱情宣言。

水龙吟·中秋

晚来轻拂,游云尽卷,霁色寒相射。银潢^①半掩,秋毫欲数,分明不夜。玉琯^②传声,羽衣催舞,此欢难借。凛清辉,但觉圆光罩影,冰壶莹、真无价。

闻道水精宫殿,惠炉薰、珠帘高挂。琼枝半倚,瑶觞^③更劝,莺娇燕姹。目断魂飞,翠萦红绕,空吟小砑^④。想归来醉里,鸾篦^⑤凤朵,倩何人卸。

【注释】

①银潢:指天河,银河。

②玉琯(guǎn):同"玉管",古代管乐器,用玉制成,像笛,六孔。

③瑶觞:玉杯。多借指美酒。

④小砑(yà):是指轻轻以石碾物使之光滑。常指经此法加工之布帛笺纸。

⑤鸾篦(luánbì):意思为鸾凤形的篦梳。

【赏析】

这首词是李之仪于当涂以中秋为吟咏对象而作的一首词。

全词分为上下阕。上阕实写,既写月光的清冷、明亮,也写自己的心情。"晚来轻拂,游云尽卷,霁色寒相射"几句写中秋之夜的晚风、游云、晴朗的天色。"银潢半掩,秋毫欲数,分明不夜"写出了中秋之月的皎洁,连秋日鸟兽的细毛仿佛都能数清。"玉琯传声,羽衣催舞,此欢难借"写出了这是一个歌舞欢乐之夜。"凛清辉,但觉圆光罩影,冰壶莹、真无价"写被光晕笼罩时的月亮的晶莹剔透,赞美它是无价之宝,写出了月光的清冷与明亮。词人既写景,晚风轻拂衣衫,看天上云卷云舒,听玉管吹出乐声,感觉霓裳羽衣催人快舞;也写情,写自己欢愉难以借托之情。

下阕虚写,写自己对那水精宫殿里的想象。"闻道水精宫殿,惠炉薰、珠帘高挂"几句,词人想象那水精宫殿,惠炉熏香,珍珠帘高高挂起。"琼枝半倚,瑶觞更劝,莺娇燕姹"几句,写词人想象姬妾们半倚着那些公子王孙,不停地劝着客人喝下玉杯中的美酒,真是如黄莺燕儿一般娇俏。"目断魂飞,翠萦红绕,空吟小砑"几句,写美人的魅力,目光一断连魂也勾走,再也看不见那翠萦红绕,只得空自吟唱小曲。最后诗人以"想归来醉里,鸾篦凤朵,倩何人卸"几句结束。词人假想归来时已醉,那篱笆上凤凰般的花朵,是像谁人一般美丽。

全词重视铺叙展衍,在铺叙的同时,注入清雅含蓄的深情。淡雅的意象与浑然的意境相融,有实有虚,表现出词人丰富的想象力。

蓦山溪·采石值雪(两首)

其 一

峨眉亭上,今日交冬至①。已报一阳生②,更佳雪、因时呈瑞。匀飞密舞,都是散天花,山不见,水如山,浑在冰壶里。

其 二

平生选胜,到此非容易。弄月③与燃犀④,漫劳神、徒能惊世。争如此际,天意巧相符,须痛饮,庆难逢,莫诉厌厌醉。

【注释】

①冬至:是中国农历中一个重要的节气,也是中华民族的一个传统节日,冬至俗称"冬节""长至节""亚岁"等。

②阳生:冬至。

③弄月:赏月。采石有"李白骑鲸捉月"的典故。

④燃犀:喻能明察事物,洞察奸邪。采石有"有燃犀温峤"的典故。

【赏析】

这两首词是李之仪卜居当涂时所作。

李之仪初到贬地当涂的最初几年,噩运连连,亲人相继离世,自己又身患癣疥,遭受身心的双重打击。后词人逐渐从痛苦中摆脱,开始纵情于山水。当其置身于当涂山水之间,则从大自然中获得无穷乐趣。这两首词就是诗人游玩采石的山水之作。

词中写了词人雪中游采石的情景,在欣赏美景的同时,也表达了无须徒自劳神的旷达之情。

《其一》以写景为主。"峨眉亭上,今日交冬至",写出登临的时间、地点。"已报一阳生,更佳雪、因时呈瑞",词人写冬至之日,瑞雪飞舞。"匀飞密舞,都是散天花,山不见,水如山,浑在冰壶里",写下雪时的景象,用了正面描写与侧面描写相结合的手法。均匀而密集的雪花飞舞,犹如天女散花,是正面描写;"山不见,水如山,浑在冰壶里"用的是侧面描写,衬托出雪之大、雪之美。

《其二》重在写情。"平生选胜,到此非容易"中"选胜"是指寻游名胜之地之意,此两句意思是,来到此名胜之地,尤其是能欣赏到如此之美的雪景不容易。这就为下面抒发感慨奠定了基础。"弄月与燃犀"用的是典故,词人联想到李白骑鲸捉月和温峤燃犀照水怪的故事十分自然,因为这两个故事发生的地点就在词人游玩的采石。"漫劳神、徒能惊世",是说在欣赏美景与明察事物、洞察奸邪之间,无须徒自劳神、震惊世俗。这就自然引出"争如此际,天意巧相符,须痛饮,庆难逢,莫诉厌厌醉"几句。词人表达了此时此刻,心意与天意相符,应一醉方休,以对得起此良辰美景。

《其一》状写了采石矶瑞雪飞舞之时山水"浑在冰壶里"的美景,《其二》表达了要自己珍惜这美景的心情。两首词之间自然衔接,情景相连。

满庭芳

花陌①千条,珠帘十里,梦中还是扬州②。月斜河汉③,曾记醉歌楼。谁赋红绫小研④,因飞絮、天与风流。春常在,仙源路隔,空自泛渔舟。

新秋。初雨过,龙团⑤细碾,雪乳浮瓯。问殷勤何处,特地相留。应念长门赋⑥罢,消渴甚、无物堪酬。情无尽,金扉玉榜⑦,何日许重游。

【注释】

①花陌:即花街。陌,本指田间小路,也通街道解。

②"梦中"句:杜牧《遣怀》诗:"十年一觉扬为梦,赢得青楼薄幸名。"

③河汉:银河。

④小研:见《书龙吟·中秋》注。

⑤龙团:茶名。建安北苑御焙产贡茶,是一种印有龙纹的团饼茶。宋徽宗赵佶曾在《大观茶论》中赞"龙团凤饼",名冠天下。

⑥长门赋：指司马相如《长门赋》。

⑦金扉玉榜：扉，指门，金扉即宫阙；榜，指匾额，玉榜即皇宫门上的匾额。

【赏析】

这首词是李之仪编管太平州后所写。

李之仪因得罪权贵蔡京，除名编管太平州。往日美好生活的回忆，蒙冤被贬的愤懑，孤苦生活的凄楚，回归朝廷的期待，这些都隐约表现在这首词中。

全词分上下阕。上阕主要写自己对往日美好时光的回忆。"花陌千条，珠帘十里，梦中还是扬州"句，明写对美好往事的回忆，暗写自己的失落，可见之于杜牧《遣怀》诗："十年一觉扬为梦，赢得青楼薄幸名。""月斜河汉，曾记醉歌楼"句，是写月斜星汉之夜，饮酒听歌的美好往事难以忘怀。"谁赋红绫小砑，因飞絮、天与风流"，这句话的原意是说谁能凭借飞絮写出自然而风流的诗文，而真实的意思是说就是自己能赋出这样的诗文又能怎么样。"春常在，仙源路隔，空自泛渔舟"句，是反用了陶渊明的《桃花源记》，写即使自己能驾着渔舟也因道路被隔断找不到桃花源了。"花陌千条""珠帘十里""月斜河汉""醉歌楼"的美景已成过眼烟云，如今只能是仙源路隔，空泛渔舟。

下阕主要写自己的失落。"新秋"点明时令。"初雨过，龙团细碾，雪乳浮瓯"几句，写秋雨刚停下，沏壶好茶殷勤待客。"应念长门赋罢，消渴甚、无物堪酬"中，"长门赋"是汉代文学家司马相如受汉武帝失宠皇后陈阿娇的百金重托而作的一篇骚体赋。词人将此用于这几句中，表达出即使好茶解渴，但也难掩心中失意的哀伤。"情无尽，金扉玉榜，何日许重游"句，想自己也曾金榜题名，本当能为朝廷效力，但终被弃用，不知何日才能回返，抒写了被贬后的心境，透露的是一种官场的失意，表达了渴望能重新被朝廷起用的愿望。

谢池春①

残寒销尽，疏雨过、清明后。花径敛②余红，风沼萦新皱③。乳燕穿庭户，飞絮沾襟袖。正佳时,仍晚昼。著人滋味,真个浓如酒。

频移带眼④,空只恁、厌厌瘦。不见又思量,见了还依旧。为问频相见,何似长相守。天不老,人未偶。且将此恨,分付庭前柳。

【注释】

①谢池春:调名取谢灵运《登池上楼》"池塘生春草"诗意。

②敛:收拢,聚集。

③"风沼"句:风吹过池沼荡漾起新的皱纹。

④移带眼:移动皮带之眼孔,谓腰细而消瘦。

【赏析】

这是一首伤春怀人词,词人抒写了离别相思之苦。

全词分为上下两片。上片写景为主。大意是:冬日的残寒散尽,小雨过去,已到了清明之后。花间的小径聚敛着残余的落红,微风吹过池沼萦绕起新的波绉,小燕子在庭院门窗间穿飞,飘飞的柳絮沾上了衣襟两袖。正是一年中最美妙的时候,夜晚连着白昼。令人感到滋味深厚,真个是浓似醇酒。开头"残寒销尽,疏雨过、清明后"三句,点出节令。后以"花径敛余红,风沼萦新皱。乳燕穿庭户,飞絮沾襟袖"等四个五言句描绘了暮春落红朴实满径、飞絮飘舞的景色。画面鲜明,又各用一个非常恰当的动词把它们紧密相连,有声有色,有动有静。"飞絮沾襟袖"一句,既暗示了"人"的存在,又为过片处的"著人滋味,真个浓如酒"作一铺叙。

下片抒写深情相思企盼的凄楚愁苦。大意是:频繁地移动腰带的空眼,只是那么白白眼看着病恹恹地消瘦,不见她却又相思,见了她却还是分离,相思依旧。为此要问与其频频相见,何如永远亲密厮守?天公无情天不老,人有情却落得孤独无偶,这份相思别恨谁理解,姑且将它交托于庭前的杨柳。以"正佳时,仍晚昼""天不老,人未偶"等寻常口语细细倾诉,极富人情味,真挚感人。"且将此恨,分付庭前柳"句给人留下广阔的思索空间,含蓄而隽永。

全词用语浅白通俗,写景华丽浓艳,抒情含蓄深婉,春思细腻,情景兼美,有柳永之遗风。

鹧鸪天

收尽微风不见江。分明天水共澄光。由来好处输闲地,堪叹人生有底忙。心既远,味偏长。须知粗布胜无裳。从今认得归田乐,何必桃源是故乡。

【赏析】

这首词是词人除名编管太平州后遇赦复官,授朝议大夫但未赴任仍居当涂姑溪之地时期所作,词中表达了诗人安身守命,无心官场,把当涂当作故乡,乐得安闲的志趣和心态。

全词分为上下两片。上片写诗人由眼前风光之美由衷发出感叹。"收尽微风不见江。分明天水共澄光"两句描绘了眼前姑溪河风光。"由来好处输闲地,堪叹人生有底忙"写词人陶醉其中,发出感叹:历来所谓的好地方都会输给闲散之地,这眼前的风物足以让人感叹人生有什么可忙的呢。

下片词人自述心志。他已无心官场,对名利也已看淡,宁愿过这种清贫但无须劳心费神的生活。其中"心既远"是用典,语出陶渊明《饮酒》:"问君何能尔,心远地自偏。"暗含了词人眼下的生活就是对陶渊明归隐田园生活的向往和实践。"从今认得归田乐,何必桃源是故乡"句,意在说明"归田乐"才是关键,只要认识到远离官场、远离争名逐利,享受田园生活带来的宁静、闲适的乐趣,不一定非要寻到"桃花源"那样的地方,人生处处都有"桃花源",处处都能是"故乡"。象征着词人由对功名的热衷转为淡泊,由对生活的奔忙转闲散,由对心灵的约束转为自由。

李之仪诗鉴赏

李之仪擅长诗文,他所作的诗有古诗、律诗、绝句等。苏轼对他的诗歌赞赏有加,在翰林院值夜班时,曾携李之仪的诗细细品味,读至佳处,信手写出诗《夜值玉堂携李之仪端叔百余首读至夜半书其后》,赞曰:"玉堂清冷不成眠,伴直难呼孟浩然。暂借好诗消永夜,每逢佳处辄参禅。愁侵砚滴初含冻,喜人灯花欲斗妍。寄语君家小儿子,他时此句一时编。"

李之仪被编管太平州期间,受到了杨姝、郭功甫、贺方回的影响,变消沉为积极,变绝望为希望。于是一面静下心来展卷读书,著书立说;一面步出家门,游青山、逛采石、出大江。或谒太白祠、拜谪仙墓,或登峨眉亭、望天门山,或览凌歊台、歌白纻山,或攀太阳拱、观丹阳湖,写下了大量的华章秀句,名篇秀构。

题步云亭①

昨夜风高蝉半咽,起来知是白露节。

玉面少年窄袖衫,袖里新诗似冰雪。

几日炎炎如甑②中,今朝忽觉超樊笼。

不惟气候已八月,更得冰雪开心胸。

谢公山人③诗笔奇,问君何缘得此诗。

报我我欲步云去,山人许我因留题。

君作斯亭几许高,拟推皓魄翻银涛。

谁谓姮娥④落君手,坐遣山人诗思劳。

君不见梅老⑤句出天地窄,曾谓山人真太白。

采石⑥月下忆相逢,笑披锦袍弄明月。

十年明月归谪仙,姮娥岂得在君边。

何妨邀取山人去,卒岁扶携醉笑间。

【注释】

①步云亭：指今安徽当涂。

②甑（zēng）：古代蒸饭的一种瓦器。底部有许多透蒸气的孔格，置于鬲上蒸煮，如同现代的蒸锅。

③谢公山人：指代郭祥正。

④姮娥：即嫦娥，神话中由人间飞到月亮上去的仙女。

⑤梅老：宋朝词人梅尧臣。

⑥采石：即采石矶，又名牛渚山，是我国古代长江下游江防要地，位于马鞍山市西南隅。

【赏析】

这是李之仪与诗人郭祥正同游当涂青山并题于此山步云亭上的一首诗。

步云亭在今安徽当涂，宋时当涂城南的青山上有白云寺、步云亭、谢公池、三贤楼等胜迹。有一年的秋天，刚过白露节，郭祥正便邀李之仪到青山游览，当登上步云亭时，郭祥正乘兴赋诗，并要李之仪"留题"，于是诗人就在步云亭上写下了这首诗。这首诗属于七言古诗，李之仪的诗歌中精彩的诗篇多是七言古诗。

全诗可分为三层。第一层自诗的开头至"更得冰雪开心胸"，主要写诗人对郭祥正诗的喜爱和推崇。诗歌开头用"昨夜风高蝉半咽，起来知是白露节"两句，既交代了时间，又叙写了昨天夜里狂风四起，风响不止，而此时的蝉，由于风大天冷连声音也变低沉了，原来是天气开始变凉了的缘故啊。"玉面少年窄袖衫，袖里新诗似冰雪"两句交代了人物，描绘一个玉面少年袖里带着谢公山人的诗来拜谒李之仪，李之仪展卷阅读，顿觉心中升起一股凉爽之气。这是称颂郭祥正"新诗似冰雪"，诗人用"冰雪"来形容郭祥正诗带给人的清爽飘逸之感。"几日炎炎如甑中"，写出了登步云亭时酷热难挡，仿佛在蒸笼里一般，比喻贴切，形象生动，恰当地写出了那时那刻的炎热，以及游人挥汗如雨的情景。"今朝忽觉超樊笼"，写诗人现在感觉已经超脱了樊笼，获得了自由，心灵受到了洗涤。五、六两句运用夸张和比喻的手法，从侧面写出诗人读郭祥正诗带来的效果。"不惟气候已八月，更得冰雪开心胸"两句是说即使身处炎热的蒸笼之中,在这样的时间,有冰雪一样的诗歌来使"我"心胸开阔,岂不是人生一大乐事。可见诗人对郭祥正诗的喜爱和推崇了。

第二层自"谢公山人诗笔奇"至"曾谓山人真太白",主要写诗人一边与郭祥正登亭边,一边赞美郭祥正诗写得好。"谢公山人诗笔奇,问君何缘得此诗"两句用"诗笔奇"三字来概括郭祥正诗的特点。"奇"就是新奇,奇特,言他人之不可言。"报我我欲步云去,山人许我因留题"两句交代了写作本诗的缘由。"君作斯亭几许高,拟推皓魄翻银涛"两句用的是设问的手法,点出步云亭高而雄伟的特点。皓魄,指明月,亦指明亮的月光。写亭子高到可以触碰到月亮,使天上的银涛翻滚,写出了建筑物的高耸。"谁谓姮娥落君手,坐遣山人诗思劳",诗人看到郭祥正诗中有咏姮娥的诗句,诗人开玩笑说谁说嫦娥就归你了呢?"君不见梅老句出天地窄,曾谓山人真太白"句将郭祥正与梅尧臣比较,梅尧臣的诗写得好,但梅尧臣仍称赞郭祥正是"真太白"。

第三层自"采石月下忆相逢"到诗的结束,主要写两人曾在采石夜游的情景的回忆,并向郭祥正发出邀请。"采石月下忆相逢,笑披锦袍弄明月"两句回忆两人曾在采石月下相逢,一起忆起李白,一起赏月。"笑披锦袍弄明月",在安徽当涂采石一带流传着李白着锦袍于水中捞月坠河而死的故事。"十年明月归谪仙,姮娥岂得在君边"句是说明月早就归李白了,岂能在你的身边,由此赞美郭祥正是"太白后身"。"何妨邀取山人去,卒岁扶携醉笑间",此时诗人突发奇想,想邀请山人去寻李白,在月下举杯邀请明月,喝得酩酊大醉,相互搀扶着醉,岂不痛快。表达了想与郭祥正一起终年把酒吟诗、醉后相互扶携、以尽人生相知之欢的愿望。

这首诗尽显歌行特色,纵横捭阖,天马行空,上天入地,驰骋想象,奇特瑰丽。诗歌生动形象,想象丰富,有李白的风格。诗中五次提到"谢公山人",这在李之仪广泛交游的诗作中是很少见的,可见他对郭祥正的喜爱和仰慕。

次韵郭功甫从何守游白云寺

已仕因循①已过三,买田归去不须参。

高明②渐拟凌清汉③,皎洁方知在碧潭。

试酌甘泉未觉晚,已跻④绝顶尚犹贪。

便应从此都无事,只有君恩未报惭。

【注释】

①因循:顺应自然。

②高明:楼观,此处指白云寺。

③清汉:天空

④跻:登,上升。

【赏析】

这首诗歌是和诗,写于李之仪编管太平州期间。

当时诗人非常高兴结识了很有名望的郭祥正,两人经常相互往来酬唱。这首诗就是在和朋友郭祥正游白云寺时而作。

全诗共八句。诗的第一、二句"已仕因循已过三,买田归去不须参",是说自己顺其自然地入仕,已经做了多年的官了,由于贬到太平州,心中是有不平之意,也有对仕途的疲惫。但是后来诗人经常游玩这里的青山,姑溪河等,对这片土地有了深深的感情。李之仪曾给自己命名为"姑溪老农",足见他对当涂的热爱。甚至到了后来他重新被朝廷起用,还拒绝离开当涂,由此可以看出他对这片土地的爱多么深沉。所以晚年为了完成"生游死葬"的心愿,诗人决心在当涂买田置舍"与鱼鸟相沉浮以老"。可见诗人说买田回去都不需要验证的,这里"不须"体现了诗人定居当涂的决心之坚定。三、四两句"高明渐拟凌清汉,皎洁方知在碧潭",诗人在与好友登上白云寺时,发现寺庙里的楼观高耸入云,快要触碰到天空了,运用夸张手法写出了楼观之高。接着写方知皎洁的明月在碧绿而又深邃的潭水里,用"皎洁"指代"月亮"。这两句用语比较委婉,含蓄地表达了自己归隐的愿望。天上的月亮人人都爱慕,殊不知月儿就在碧潭里。寻寻觅觅,上天入地后才发现真正的生活近在眼前。第五、六句"试酌甘泉未觉晚,已跻绝顶尚犹贪",是说尝试饮甘甜的泉水并不觉得太晚。诗人在这里想说的是现在迷途知返还未为晚,也即现在买田置舍还是可以实现自己的愿望的。现在已经登到白云寺的最顶点了还很贪婪,还想再攀爬,人心总是不知足的。诗的最两句"便应从此都无事,只有君恩未报惭",诗人由游玩白云寺转而论述自己和郭功甫的经历,表达了诗人美好的愿望,就是和好友从此都相安无事,能够平平安安度过晚年。同时,也表达了心中还有遗憾之事,就是不能报答君王的恩德,心生惭愧。此处体现了那个时代士人心中永远无法拂去的伤痛。由于北宋时期两党执政,很多文人都被牵连进去,很多人都背井离乡,妻离子散。苏轼说:"我愿生儿愚且鲁,无灾无病到公卿。"从苏轼的话语中可以看出士人心中普遍的情绪。在封建社会,知识分子形同贩夫走卒,这是李之仪个人的耻辱,也是国家的悲哀。所以,他们心中最大的愿望就是以后都能安享晚年。古代读书人接受儒家学说,主张积极用事,对君主是绝对的忠心,所以诗人还是觉得愧对君主。

这首诗借登白云寺抒发自己的感慨,前两句着眼对自己的过去作了总结,对未来充满期待。接着写白云寺,与诗题相呼应,并由此作为议论的基点,抒发自己对官场的厌恶,表达自己的打算和愿望。全诗层次清晰,情感丰富,力透纸背。

吊孙夫人①

率已名无愧,成家德可尊。
频繁招婿妇②,翰墨③见儿孙。
孰不承惹训,俱来哭寝门④。
诗人难再得,彤管⑤负评论。

【注释】

①孙夫人:郭祥正之妻。

②婿妇:媳妇。

③翰墨:义同"笔墨",原指文辞,后世亦泛指文章、书法、中国画。

④寝门:古礼天子五门,诸侯三门,大夫二门。最内之门曰寝门,即路门,后泛指内室之门。

⑤彤管:杆身漆朱的笔。

【赏析】

这首诗写的是李之仪的好朋友、知己郭祥正的妻子去世,李之仪前往吊唁之作。

这首诗题目是后来编者加上去的,原题已不详。关于悼亡诗前人已经有很多的名篇,无非就是表达生者对已逝者的悼念,表达内心的伤痛。诗人以死者丈夫好友的名义写此诗,表达了对孙夫人赞颂、敬意和哀思。

全诗共八句。第一、二句"率己名无愧,成家德可尊",是说孙夫人大概已经死而无愧了,因为"德可尊"。由此可见,古代对德是倍加尊崇的。怎么知道"德"满全家呢?"频繁招婿妇,翰墨见儿孙"两句作了回答。"频繁招婿妇"是说儿子娶媳妇频繁,说明她的儿子很多,儿孙满堂。"翰墨见儿孙"是说儿孙都是有才华的人。郭祥正在《与内饮有赠》诗中写道:"君生不能织,我生不能锄。儿孙无白丁,生理已有余。陶然共一醉,隙间驰白驹。倏忽各已死,体化委虫蛆。"从中可见他们的儿孙在生活上乃至仕途上前景一片大好。作为家里的长辈最希望看到的就是人丁兴旺,儿孙能光耀门楣,光宗耀祖。如果那样就会死而瞑目了。"孰不承惹训,俱来哭寝门"两句,是说谁个不来承蒙您的教诲,来到"寝门"吊唁,表达对孙夫人您的尊重和怀念。"诗人难再得,彤管负评论"两句,是说郭祥正能娶到这样的妻子是很幸运的,以后想得到这样的妻子恐怕很困难了,从侧面写出了孙夫人的贤惠,知书达理,治家有方。因此说朋友的笔就会有负于孙夫人的生平事迹,难以表达出孙夫人的明理与贤德。

全诗起承转合自然流畅,语言质朴、自然。侧面描写与正面描写相结合的手法,突出了孙夫人的事迹及其风貌。这首诗选材独特,选择的是孙夫人儿孙满堂,而且都通文墨,这样写符合封建社会对女性的评判标准。

题齐云亭

凌空登白纻①,此地与云齐。

一览众山小,方知人事低。

暂留蝴蝶梦②,终负杜鹃啼③。

回向禅关④客,何当⑤别有梯。

【注释】

①白纻:即白纻山,位于安徽省当涂县城东五里处。山中林木葱郁,素为览胜狩猎之所。

②蝴蝶梦:昔者庄周梦为蝴蝶,栩栩然蝴蝶也,不知周也。俄然觉,则遽遽然周也。不知周之梦为蝴蝶与? 蝴蝶之梦周与? 周与蝴蝶则必有分也,此之为物化。

③杜鹃啼:杜鹃,又名子规,啼叫时发出"不如归去,不如归去"的声音,传说杜鹃昼夜悲鸣,啼至血出乃止。常用以形容哀痛之极。

④禅关:禅门。

⑤何当:合当,应当。

【赏析】

这是李之仪被贬当涂之后而作的一首五言律诗。

白纻山在当涂城东,本名楚山,桓温领妓游此山,奏乐《白纻歌》,于是就改为白纻山。白纻山古迹很多,较著名的有桓公井、挂袍石、四望亭、卧仙杯、齐云亭等,今皆不存。李之仪曾多次登临此山,另写有七律《题白纻山》。

全诗共八句,四联。首联"凌空登白纻,此地与云齐",交代自己登上高耸入云的白纻山,看到这座山与云一般高。领联"一览众山小,方知人事低"化用杜甫的"会当凌绝顶,一览众山小",承接上联,正因为白纻山高耸入云,才会有"一览众山小"的感觉,才知道人事低。在这里诗人有所隐射,表面上是从山上往下看人觉得矮小,意即人世间的事情实在是太微不足道了。实质上是想表明登上山觉得心胸开阔,所有烦恼的事情可以抛之脑后了,也看出了人事间的人情冷暖。颈联"暂留蝴蝶梦,终负杜鹃啼",写自己在这白纻山上,看到美丽的自然景色,心情很好,还是暂且留住蝴蝶梦吧,因为庄周梦蝶是步入人生极乐世界,是人生的幸运大事。但是还是会辜负杜鹃的啼叫,它总是在那里鸣叫"不如归去"。尽管自己的故乡离这里很远,但是这里的景色很美,可以让诗人排遣心中的烦闷之事,还是活在小我的世界里吧。尾联"回向禅关客,何当别有梯",写诗人登山时回头问禅门师傅,应当还有梯子可以继续攀登吧,表明了诗人意兴正浓。

全诗对仗工整,符合平仄要求,富有韵律感。以当涂民歌入诗,口语化色彩较浓。比如诗歌中的"此地与云齐""暂留""回向""别有梯"等,如同拉家常的感觉很亲切,自然。

整首诗借景抒情。外界的纷扰让诗人内心很疲惫,还不如登山享受这美景来得舒适。其实这也并非是诗人内心的真实想法,面对朝廷的重重打击,满腔抱负终不能实现,诗人心中是极其痛苦惆怅的,此时,借景喻世是最好的抒情方式。

庄居值雨偶得十诗示秦处度①

其 一

累日雨不止,风高如作寒。
三分虽过二,匆匆便向阑②。
一身百忧集,况可计先欢。
不见是无闷,念此聊自宽。

其 二

平生三四友,一一人中英。
况逢不世③主,唾手可太平。
参差十年间,契阔而死生。
相见复何语,但有泪如倾。

其 三

死生固可嗟,一谪辄不返。
君恩非不深,奈④尔道路远。
反初不忍歌,折臂信能遣。
已矣何足论,幸子真如眼。

【注释】
①秦处度:即秦湛,秦观之子,字处度,号济川。

②阑:将尽。

③不世:一世所无,意即极不平凡、非常了不起。

④奈:怎么。

【赏析】

这三首诗是诗人李之仪晚年在贬所当涂所作。

李之仪在苏门文人中,与秦观交往比较密切。在编管太平州之后,又与秦观之子秦处度相处。崇宁四年(1105),诗人在贬所当涂,时值当涂连降大雨,好友秦观的儿子秦处度前来探望,李之仪款留秦处度庄居。当时诗人就写了这些诗歌,以抒发自己对好友之子到来的欣慰和自己内心的万般感慨。

李之仪共写了十首,所选即是其中的前三首。

《其一》主要写了秦处度到来时的环境和天气,以及自己对故人之子到来的宽慰,并由此引发的对好友的怀念。"累日雨不止,风高如作寒。三分虽过二,匆匆便向阑"几句,大意是:连日的大雨下个不停,滴答滴答的雨声不绝于耳,心中满是愁闷;而这时偏偏风来助阵,大风刮个不停,好像冬天一般寒冷;如果说雨总共有三分的话,那么这些天的雨就已经下了二分了;雨像通人性似的匆匆忙忙地结束了雨期。在这里,诗人用"三分虽过二"把抽象的事物写得很具象,轻描淡写地带过,写得含蓄委婉。"一身百忧集,况可计先欢。不见是无闷,念此聊自宽。"诗人面对窗外的雨景,忧从中来。回忆过去自己的一生,可谓聚集了非常多的忧愁,诗人用"百忧"言忧愁之多之重。李之仪一生历经坎坷,未能如愿施展自己的宏图大志,心中抑郁可想而知了。他也是苏轼门人之一,苏轼一生仕途坎坷,屡遭打击,李之仪也毫无例外地受到牵连。崇宁元年(1102)因得罪权贵蔡京除名编管太平州,而在这四年里李之仪"第一年丧子妇,第二年病悴,涉春徂夏,岌然脱死;第三年亡妻,子女相继见舍;第四年初则癣疮被体,已而寒疾为苦。于其中间,人情不相当,靡所不有"。家庭的不幸又让诗人平添了很多忧愁,故有"百忧"。尽管惆怅但是活着的人还得继续好好地活下去。此时,诗人还是渴望亲友的关心,对秦处度的到来,非常喜悦,没有见到秦处度是没有烦闷的,见了又惹起了过去的思绪,想到这些还是聊且自我安慰吧。

《其二》主要写诗人追溯自己的同生共死好友,表达对友人的思念。"平生三四友,一一人中英"句说自己的好友从都是人中英豪。"况逢不世主,唾手可太平"句是说这些朋友遇到了不起的国君,就有治理国家的才能。"参差十年间,契阔而死生"指分别多年,都是生死之交的朋友。"相见复何语,但有泪如倾"是说如果相见还有什么话可说,只有泪雨如倾。惟有"泪如倾"表达了诗人对友人的怀念和对自己命运的悲痛。李之仪一生结交甚广,有很多知心朋友,比如苏轼、黄庭坚、秦观、贺铸等。这些人在当时的北宋文坛政坛上都是响当当的人物。苏轼一生命途多舛,屡遭打击,一贬再贬。元符三年(1100)一月,苏轼再次遇赦,由海南北归。近一年的艰辛辗转,于第二年七月,苏轼在回来的途中猝死常州。噩耗传来,李之仪悲伤万分。秦观也是诗人的挚友。李之仪与秦观相识于京师之后两人经常写诗词相互唱和,当秦观被贬处州时诗人曾写诗"情暂遣,心常在",以表示对好友的无限怀念与同情。两人交情很深,当得知秦观也在元符三年(1100)遇大赦返还途中中暑去世,李之仪痛不欲生,写了《祭秦少游文》来寄托自己的哀痛。诗人的这些好友都是人中豪杰,才华横溢,志向远大,有经天纬地之才却总是仕途蹭蹬,不能够施展抱负。诗人写好友也有自况的意味,自己22岁就进士及第,可谓踌躇满志,谁知结局竟是这般恼人。面对秦观之子,联想秦观与自己的遭遇,难免沉痛。他们这些人本可以有所作为,若遇到非常了不起的君主,天下会很容易太平的。可惜现在都天各一方了,韶光易逝,时不我待,其中满含辛酸与苦楚。

《其三》写阴阳两隔的痛苦,以及见到秦处度的喜悦。"死生固可嗟,一谪辄不返"写阴阳两隔本来让人嗟叹,并追溯秦观被贬后就没有回来。"君恩非不深,奈尔道路远"是说并非君恩不深,实在是被贬之地道路太过遥远。"反初不忍歌,折臂信能遣"意思是当初自己不肯拿起手中的笔来表达自己对好友的哀思,即"不忍歌",自欺欺人地认为能排遣心中的思念。"已矣何足论,幸子真如眼",罢了罢了,有什么好说的呢,逝者已矣,生者还是要面对现实的人和事。今天很高兴看到你恰恰在我眼前,这就是很高兴的事情。

这三首诗属于组诗,每首诗相对完整和独立。三首诗之间既有内在的感情联系,又有承接关系,自然绾合。

除夜小舟中雨不止而作雪寄德麟①

醉侣今何在,寒灯倍黯然②。

却应听雨梦,犹是散花天。

老境不自得,客程谁我怜?

晓钟催去路,明日又新年。

【注释】

①德麟:赵令畤(1061—1134),初字景贶,苏轼为之改字德麟,自号聊复翁。哲宗元祐时签书颍州公事。与秦观、朱服、李之仪等人因接近苏轼,遭到新党排斥。

②黯然:指情绪低落、心情沮丧的样子。

【赏析】

这是一首李之仪编管太平州期间写给其好友赵令畤的诗。

全诗分为两层。

第一层自"醉侣今何在"至"犹是散花天",共四句,主要写诗人内心的孤苦以及对友人的思念。"醉侣今何在,寒灯倍黯然"是说常在一起酣饮的老友如今身在何处呢? 在孤灯之下想起你,我倍感情绪低落、心情沮丧。一句"醉侣今何在",既写了往日的情谊,又表现出对老友的关心。一个"寒"字,点明了除夕雨雪之夜天气的寒冷,也写出了诗人内心的孤寒。"却应听雨梦,犹是散花天"是说岂应在听雨中睡去,外面大雪纷飞。此四句,写诗人在除夕夜独自蜗居舟中,凄风苦雨不止,情境极其凄惨。因此,更加思念友人。

第二层自"老境不自得"至"明日又新年",共四句,在向老朋友倾诉不幸的同时表达对未来的展望。"老境不自得,客程谁我怜"是说老年的境况很不如意,自己的旅途生涯很长,谁又能可怜我。这两句诗人写出了晚年身处贬地的种种凄凉,也是对老朋友倾诉自己的不幸境遇。"晓钟催去路,明日又新年"是说报晓的钟声催人继续前行,明天又是一个新年。

全诗是诗人在向友人在倾诉。诗人哀苦之后,并不沉沦,而是寄寓无限希望。

大观①四年春夏之交闲居无事触绪成咏绝句五首(其三)

楸花②落尽楝花③繁,门巷人稀半是村。

好事凭谁清湿热,一帘疏雨下黄昏。

【注释】

①大观(1107—1110)是宋徽宗赵佶的年号。北宋使用这个年号共4年。

②楸花:楸树的花。夏季开花,总状花序呈伞房状,顶生,有花3~12朵;萼片顶端有2个尖裂;花冠白色,内有紫色斑点,长约4厘米。

③楝花:为楝科植物川楝或苦楝的花。始于暮春,收梢于初夏。

【赏析】

这是李之仪于大观四年(1110)写于当涂的七言绝句。

这年四月李之仪迁葬先祖李颀、先妣田氏之墓,由楚州之山阳迁葬于当涂藏云山之致雨峰下。

这首诗是组诗五首中的第三首。

全诗四句,"楸花落尽楝花繁,门巷人稀半是村"两句,用"楸花落尽"衬托"楝花繁",写出了夏天的情景。"门巷人稀半是村"写出了当涂农村夏日因农忙而村庄变得人少。第三、四句"好事凭谁清湿热,一帘疏雨下黄昏",意思是说谁有资格说有清湿热的好事,从帘中看去稀疏的小雨一直下到黄昏。全诗描绘了江南之地当涂夏日农忙的景象,也描述了当涂夏天细雨绵绵、气候湿热的情状。

诗人运用由高到低、由远及近的构图技巧,描绘了一幅夏日黄昏乡村疏雨图。图画中,高处、远处是繁盛的楝花、落尽的楸花,近一点是巷、是门,再近处是帘、是雨,整个画面呈现出一种静谧幽深的氛围,传达出一种与世无争的闲适。

偶 题

新荷①点水麦花齐,一抹残阳露浅晖。

回首西山归来得,片心还逐暮云飞。

【注释】

①新荷:刚长出来的荷叶。

【赏析】

这是李之仪卜居当涂期间写下的一首诗。

此时的诗人,经历初来时的噩运连连,生活重新走上正轨,开如躬耕自乐。

全诗共四句。"新荷点水麦花齐,一抹残阳露浅晖"两句写景,写出了当涂春夏之交新荷初露、麦花飘香的景象。当涂自古是鱼米之乡,"新荷""麦花"都是此地农村的寻常之物。"新荷点水麦花齐"句是写地上,充满浓郁的乡村生活气息。"一抹残阳露浅晖"句是写天上,一抹残阳洒落淡淡的光辉,乡村变得更加迷人。"回首西山归来得,片心还逐暮云飞",归来之时回想从西山得来的观赏美景的喜悦之情,还嫌不够,自己的一片心又去追逐飞动的暮云。一个"还"字,写出自己被美景吸引,乐而忘返的心境。

李之仪特别擅长通过描写迷人的乡村风光来展现其归依田园后的闲适心境。这首诗将"新荷""麦花""残阳"等意象组合起来构成一幅清新朴质的暮春乡村夕阳图,在这幅图画里的诗人有一颗和"云"一样飞来飞去自由的心灵。画面清新、节奏明快的诗句真切地传达出他对姑孰山水的热爱之情。

罢官①后稍谢宾客十绝(其六)

春风浩荡思无涯,老病紫仍苦恋家。

推枕不知真早晚,小窗披雨一庭花。

【注释】

①罢官:指李之仪因得罪权贵蔡京,除名编管太平州。

【赏析】

这是李之仪编管太平州之后而作的一首诗。

诗人被贬到当涂在经历蒙冤罢官的打击之后,又经历了亲人病故、自己身患癣疥的痛苦磨难。孤苦的诗人开始短暂地闭门谢客。

本诗是十首组诗中的第六首,是一首七言绝句。

"春风浩荡思无涯,老病萦仍苦恋家"两句大意是:在春风吹拂大地,即将万象更新、面貌焕然之际,美好的愿望很多很多;可因为那经久难治的老毛病常萦绕着自己,只好苦苦地待在家里。"推枕不知真早晚,小窗披雨一庭花"两句是说,整日与枕相伴不出门连早晚都不知道了。可是,透过挂着雨水的小窗看到满庭院无数的落花。春风浩荡,外面应是好景无限,诗人自然思绪万千,本应与朋友赏玩美景,或做更多有意义之事,但此时只能闭门谢客,表面上是"老病萦仍",实际上与"罢官"相关。

李之仪最后一次被罢官,再加上老病萦仍,促使他真正转变角色,潜心归隐。屋外春风细雨,屋内诗人彻底放松身心酣睡,醒来推窗一看,满庭落花无数。此情此景怎不让诗人感慨,甚至油然而生功名如过眼云烟之感。"苦恋家"表面上是因为自己久病不起,但深层之义是诗人对一生热衷功名而忽略家人的内疚之情的感慨,更有弥补之意。

采石二首

其 一

云山夹岸去层层,来往扁舟恨未能。
更有寻常最佳处,无风一日到金陵。

其 二

鸡笼山下是和州①,隔岸闻呼见点头。
不见东归夜郎②客,锦袍谁共醉扁舟。

【注释】

①和州：今马鞍山市和县。

②夜郎：汉代西南夷中较大的一个部族，或称南夷。原居地为今贵州西部、北部，云南东北及四川南部部分地区。秦及汉初，夜郎已进入定居的农业社会。地多雨潦、少牲畜、无蚕桑，与巴、蜀、楚、南越均有经济联系。

【赏析】

这是李之仪生活在当涂时期写于当涂的两首诗。

李之仪在当涂期间，经常游览采石，这里山川秀丽，风光无限。唐代诗人李白常登临此地。

这是两首组诗，逼真地描述了北宋时期的采石风光。

《其一》共四句，主要写采石风景与地理位置。"云山夹岸去层层"句写出了采石背靠翠螺山，面临长江的景物特点。"来往扁舟恨未能"句写景之时，融入了诗人的内心活动，是说看到轻舟来来往往，自己却不能登上轻舟。"更有寻常最佳处，无风一日到金陵"句写出了采石优越的地理位置，驾着轻舟即使无风一天就能到达金陵。

这首诗以写景为主。诗人立足于采石翠螺山，仰视大江两岸层层夹岸的云山，俯瞰江面上千帆竞过的扁舟，风景绝佳之处还与繁华的金陵为邻，自是占尽风华。

《其二》共四句，主要写采石与鸡笼山下的和州城一江之隔，距离很近，并由此联想，抒发自己无人共饮的孤寂。"鸡笼山下是和州，隔岸闻呼见点头"两句写出了诗人所见的山川特点：鸡笼山是和州的一座山，鸡笼山的山脚下即是和州城；长江流经此地江面变窄，鸡笼山隔岸与我相呼就能听到，隔岸向我点头就能看到。此处写和州境内的鸡笼山与诗人隔江致意，极富人情味。"不见东归夜郎客，锦袍谁共醉扁舟"两句写诗人失落与孤寂。看到人来舟往，却不找到一个朋友能够与我共醉扁舟，孤寂之情溢于言表。

两首诗写出了采石独特的地理位置及其特点，在叙写采石与和州相隔的长江之窄的同时，很自然地表达出自己的失落与孤独之情。

端　午

彩丝百缕纫为佩,艾叶千寰结作人。

散诞何妨儿女戏,漂流不觉岁时新。

清歌尚记书裙带,旧恨安能吊放臣①。

角黍②粉团矜节物③,一樽聊与寄逡巡④。

【注释】

①放臣:指放逐之臣。

②角黍(shǔ):粽子,古时候称之为"角黍"。明清以后,粽子多用糯米包裹,这时就不叫角黍,而称粽子了。

③节物:应节的物品。

④逡巡:因为有所顾虑而徘徊不前或退却。

【赏析】

这是李之仪编管太平州期间写下的一首诗。

当涂的端午节日气氛很浓的,其风俗有赛龙舟,吃粽子,小孩佩香囊、挂荷包和拴五色丝线,悬艾叶菖蒲,等等。

本诗以传统节日端午为题,采用即目直寻的方式捕捉乡村中鲜活的自然意象,生动自然地将当涂农村端午节的习俗描述出来,同时也表达了诗人自己的独特感受。

诗的前四句为诗的第一层,主要描述当涂端午的风俗及节日后气氛。"彩丝百缕纫为佩,艾叶千寰结作人。散诞何妨儿女戏,漂流不觉岁时新","彩丝""艾叶"等物品与"儿女戏""漂流""清歌"等活动有机组合,构成清新的画面,营造出悠远静谧的意境。

诗的第二层主要写自己端午时节的心情。"清歌尚记书裙带,旧恨安能吊放臣"两句写在清歌声中还记得自己是一个文雅之士,应与文雅之士交往。但自己是放逐之臣,蒙冤的旧恨岂能慰问一个放逐之臣。诗人在人们欢度端午佳节的热闹氛围中仍念念不忘自己被贬的伤痛,可见其内心的痛楚。"角黍粉团矜节物,一樽聊与寄逡巡"两句,诗人自我安慰,写自己所食的"角黍""粉团"足以在节物中夸耀,还是借酒一樽暂且安慰一下自己受伤的心灵。

全诗记录了当涂端午的风情民俗，也抒发了诗人身处被编管之地内心的痛楚。

横山澄心寺

山云自往来，人事多萧索①。

谁为插小松，记此常会泊。

坡陀披浅麓，窈窕带幽壑。

著书方呻吟，谁为栖所乐。

鸾凤渺莫追，岁月俨如昨。

隐约玉箫声，憔悴金匕药②。

风来万籁奏，一笑竟谁约。

尚友徒此心，朝期在寥廓。

【注释】

①萧索：缺乏生机，不热闹，淡漠。

②金匕药：指神丹，仙丹。南朝宋鲍照《代淮南王》诗："琉璃作盌牙作盘，金鼎玉匕合神丹。"唐杜甫《昔游》诗："岂辞青鞋胝，怅望金匕药。"

【赏析】

这是李之仪游览当涂的横山澄心寺（今属马鞍山市博望区）而作的一首诗。

李之仪编管太平州之后，由起初的痛苦逐渐开始振作起来，而其中一种方法就是寄情于当涂山水，从大自然中寻求慰藉。他到过当涂许多名山大川，横山就是其中之一。澄心寺位于横山南麓十保山西侧，前身隐居院，因南朝齐梁间"山中宰相"陶弘景在此隐居而闻名。澄心寺建于当年陶弘景读书堂故址上。这里有关陶弘景的遗迹甚多，其中陶弘景炼丹遗址"丹灶寒烟"是"姑孰八景"之一。到了宋代，横山修炼道学者已不见继者，佛教却在这里悄然兴盛起来。门庭替换，名山易主，宋嘉祐八年（1063），"读书荒址"已为浮屠之居。陶弘景的"丹灶""五井""白月池"均被佛僧赋予了神奇的澄定心神的功能,因此易名澄心院。明初洪武年间定名"澄心寺"。

"山云自往来,人事多萧索"两句,第一句写山和云,云在山头自由来往,既写出山之高,也写出云的悠闲之态。第二句写人和事,诗人用"萧索"来形容人的淡漠,事的冷清。"谁为插小松,记此常会泊"两句中"谁为插小松"是为谁插小松之意,"记此常会泊"指的是记得这里就会常常在此停留。这两句表达诗人有再来游览之意。"坡陀披浅麓,窈窕带幽壑"两句具体描写横山之景,意思是横山山坡上长着矮矮的山林,弯弯曲曲的小路像一条带子一直延伸到深幽的山谷。"著书方呻吟,谁为栖所乐"两句是说正为著书而唉声叹气,哪里是自己快乐的栖所。"鸾凤渺莫追,岁月俨如昨"两句是说贤良、俊美的人已变得渺然不能追上,往日的岁月宛然犹如昨天。"隐约玉箫声,憔悴金匕药"两句是说听到远处传来隐隐约约的箫声,这箫声就如治疗心灵憔悴的神丹。"风来万籁奏,一笑竟谁约"两句是说风吹过山林犹如万籁齐奏,不由自主地发出笑声。"尚友徒此心,朝期在寥廓"两句是说与自己交好的高朋空自有这心意,回朝的日子还在虚无之境。

全诗写诗人来到当涂的横山,举目远望,山云悠闲自在地飘荡,山坡上长满矮矮的树林,弯弯曲曲的山路通向深谷之中,山林的风声犹如万籁奏响。诗人虽然感叹人事萧索,感慨自己被朝廷弃用、往事犹如昨日,但横山的美景让诗人流连忘返,心灵得到慰藉。

秋日游青山访太白墓二首

其 一

潦倒忘衰日,风流袭垫巾①。
未能分朽骨,还此挹余尘。
吊古无千载,伤心为一颦。
依稀如到眼,气类信吾人。

其 二

淹时苦炎暑,此日过初秋。
旧籍存千亩,彝伦②咏九畴。

但能寻旷荡,何必事深幽。

未愧辽东笑,真诚知北游。

【注释】

①垫巾:指模仿高雅。

②彝伦(yílún):常理;常道。

【赏析】

这两首组诗是李之仪去当涂青山太白墓拜谒后而作。

诗人抒写了拜谒唐代大诗人李白墓时的所见所感。李之仪与李白,虽然生为不同朝代,但两人有许多相似之处,同是诗人才华横溢,却又都怀才不遇,遭受贬谪。李白死后葬于当涂青山,后人为之建祠造墓,李之仪常去凭吊,以表示自己的崇拜景仰之情。

《其一》主要写自己对李白的悼念与赞美,也写了自己的伤心之情。"潦倒忘衰日,风流袭垫巾"两句是说自己虽然贫困潦倒,但仍然风流不减照样想去模仿高雅。"未能分析骨,还此把余尘"两句是说虽然不能区分诗人李白与别人的埋葬之所,但还要来此地拜谒。"吊古无千载,伤心为一颦"两句是说虽然凭吊之事不会有千年之久,但我还是伤心地皱眉。"依稀如到眼,气类信吾人"两句是说我们两人心气相通就好像你就在我的眼前,你的心气确实与我相似。

全诗写诗人对李白的追慕,对李白凭吊时的伤心之情,也写自己与李白遭遇的相似和心气的相通。在悼念李白的同时,也感伤自己的潦倒身世。

《其二》主要写自己在游览李白墓时的自我倾诉与自慰自解。

"淹时苦炎暑,此日过初秋"两句是说自己在炎热的夏天胳肢窝被汗淹得又痛又痒,终于等到秋日的来临。"旧籍存千亩,彝伦咏九畴"两句的意思是按照旧籍本应有良田千亩,按常理应该在田野歌咏。但实际上这一切都不存在。"但能寻旷荡,何必事深幽"两句是诗人自己自我宽慰,意思是说只要能够找到闲游的地方,何必去想那些复杂的事情。"未愧辽东笑,真诚知北游"两句是说自己无愧于家乡而值得高兴,让北游人都知道自己的真诚。

全诗似与李白倾诉,表现了诗人与李白神交已久,心灵相通。

题白纻山

回见黄梅雨①后天,烟林②常在笑谈边。

早时欲到不自果,今日初来端③有缘。

无复新声传玉齿,空余残照满金田。

不知谁是云霞侣,聊揖高风④一怅然。

【注释】

①黄梅雨:长江中下游流域春末夏初黄梅季节下的雨。这个季节也是梅子由青绿转成黄色开始成熟的时候,因此也从此说推出"黄梅雨季"的叫法。

②烟林:烟雾笼罩的树林。

③端:原因;起因。

④高风:强劲的风,也指高尚的风操。

【赏析】

这是李之仪初次来到当涂白纻山而作的七言律诗。

白纻山位于安徽省当涂县城东,山势南高北低,形若卧狮。山中林木葱郁,山清水秀,素为览胜狩猎之所。山巅旧有苍松七株,"姑孰八景"谓之"白纻松风"。李白曾慕名登山,追忆前贤,诗篇中对白纻山多有吟咏。本诗为七言律诗。诗人编管太平州时,居于姑溪河畔,相距白纻山不远,此诗是写自己初次来到白纻山的所见所感。

全诗共八句,分为四联。

首联"回见黄梅雨后天,烟林常在笑谈边"写黄梅时节的一个雨后天,诗人来到曾常常谈论过的山林被烟雾笼罩的白纻山。颔联"早时欲到不自果,今日初来端有缘"写自己对白纻山向往已久,今日初来觉得确实有缘分。颈联"无复新声传玉齿,空余残照满金田"写往日美人口中传出的新颖美妙的乐音已不再有,只留下残阳将田野照得一片金黄。尾联"不知谁是云霞侣,聊揖高风一怅然"写自己身边未能有志同道合的朋友,只能在风中揖拜来表达心中的怅然。从诗中可以看出,诗人来到白纻山,山中的美景难掩他官场失意遭受打击后怅然若失的情感。

全诗没有直接写景,但在诗人的叙述与议论中,还是隐约可见白纻山的美丽。